华丽缘

张爱玲

北京出版集团公司
北京十月文艺出版社

青马（天津）文化有限公司
出　品

目录

异乡记

一

动身的前一天，我到钱庄里去卖金子。一进门，一个小房间，地面比马路上低不了几寸，可是已经像个地窖似的，阴惨惨的。柜台上铜阑干后坐着两个十六七岁的小伙计，每人听一架电话，老是“唔，唔，哦，哦”地，带着极其满意的神情接受行情消息。极强烈的台灯一天到晚开着，灯光正照在脸上，两人都是饱满的圆脸，蝌蚪式的小眼睛，斜披着一绺子头发，身穿明蓝布罩袍，略带扬州口音，但已经有了标准上海人的修养。灯光里的小动物，生活在一种人造的夜里；在巨额的金钱里沉浸着，浸得透里透，而捞不到一点好处。使我想起一种蜜饯乳鼠，封在蜜里的，小眼睛闭成一线，笑迷迷的很快乐的脸相。

我坐在一张圆凳上等拿钱，坐了半天。房间那头有两个人在方桌上点交一大捆钞票。一个打杂的在旁观看，在阴影里反剪着手立着，穿着短打，矮矮的个子，面上没有表情，很像童话里拱立的田鼠或野兔。看到这许多钞票，而他一点也不打算伸手去拿，没有一点冲动的表示——我不由的感到我们这文明社会真是可惊的东西，庞大复杂得怕人。

换了钱，我在回家的路上买了毡鞋，牙膏，饼干，奶粉，冻疮药。脚上的冻疮已到将破未破的最尴尬的时期，同时又还患着重伤风咳嗽，但我还是决定跟闵先生结伴一同走了。到家已经夜里八点钟，累极了，发起寒热来了，吃了晚饭还得洗澡，理箱子，但是也不好意思叫二姨帮忙，因为整个地这件事是二姨不赞成的。我忙出忙进，双方都觉得很窘。特为给我做的一碗肉丝炒蛋，吃到嘴里也油腻腻的，有一种异样的感觉。

我把二姨的闹钟借了来，天不亮就起身，临走，到二姨房里去了一趟，二姨被我吵得一夜没睡好，但因为是特殊情形，朦胧中依旧很耐烦地问了一声："你要什么？"我说："我把钟送回来。"二姨不言语了。这时候门铃响起来，是闵先生来接了。立刻是一派兵荒马乱的景象，阿妈与闵先生帮着我提了行李，匆匆出门。不料楼梯上电灯总门关掉了，一出去顿时眼前墨黑，三人扶墙摸壁，前呼后应，不怕相失，只怕相撞，因为彼此都是客客气气，不大熟的。在那黑桶似的大楼里，一层一层转下来，越着急越走得慢，我简直不能相信这公寓是我住过多少年的。

出差汽车开到车站，天还只有一点蒙蒙亮，像个钢盔。这世界便如一个疲倦的小兵似的，在钢盔底下盹着了，又冷又不舒服。车站外面排列着露宿轧票的人们的铺盖，篾席，难民似的一群，太分明地仿佛代表一些什么——一个阶级？一个时代？巨大的车站本来就像俄国现代舞台上的那种象征派的伟大布景。我从来没大旅行过；在我，火车站始终是个非常离奇的所在，纵然没有安娜·凯列妮娜卧轨自杀，总之是有许多生离死别，最严重的事情在这里发生。而搭火车又总是在早晨五六点钟，这种非人的时间。灰色水门汀的大场地，兵工厂似的森严。屋梁上高栖着两盏小黄灯，如同寒缩的小鸟，敛着翅膀。黎明中，一条条餐风宿露远道来的火车，在那里嘶啸着。任何人身到其间都不免有点仓皇吧——总好像有什么东西忘了带来。

脚夫呢，好像新官上任，必须在最短期间括到一笔钱，然后准备交卸。不过，他们的任期比官还要短，所以更须要心狠手辣。我见了他们真怕。有一个挑夫催促闵先生快去买票，迟了没处坐。闵先生挤到那边去了，他便向我笑道："你们老板人老实得很。"我坐在行李卷上，抬起头来向他笑了一笑。当我是闵先生的妻子，给闵先生听见了也不知作何感想，我是这样的臃肿可憎，穿着特别加厚的蓝布棉袍，裹着深青绒线围巾，大概很像一个信教的老板娘。

卖票处的小窗户上面镶着个圆形挂钟。我看闵先生很容易地买了票回来，也同买电影票差不多。等到上火车的时候，我又看见一个摩登少妇娇怯怯的攀着车门跨上来，宽博的花呢大衣下面露出纤瘦的脚踝，更加使人觉得这不过是去野餐。我开始懊悔，不该打扮得像这个样子——又不是逃难。

火车在晓雾里慢慢开出上海，经过一些洋铁棚与铅皮顶的房子，都也分不出是房屋还是货车，一切都仿佛是随时可以开走的。在上海边缘的一个小镇上停了一会，有一个敞顶的小火车装了一车兵也停在那里。他们在吃大饼油条，每人捏着两副，清晨的寒气把手冻得拙拙的，不大好拿。穿着不合身的大灰棉袄，他们一个个都像油条揣在大饼里。人虽瘦，脸上却都是红扑扑的，也不知是健康的象征还是冻出来的。有一个中年的，瘦长刮骨脸的兵，忽然从口袋里抽出一条花纱帕子，抖开来，是个时髦女人的包头，飘飘拂拂的。他卖弄地用来醒了醒鼻子，又往身边一揣。那些新入伍的少年人都在那里努力吃着，唯恐来不及，有几个兵油子便满不在乎，只管擎着油条东指西顾说笑，只是隔着一层车窗，听不见一点声音。看他们嘻嘻哈哈像中学生似的，却在灰色的兵车上露出半身，我看着很难过。

中国人的旅行永远属于野餐性质，一路吃过去，到一站有一站的特产，兰花豆付干，酱麻雀，粽子。饶这样，近门口立着的一对男女还在那里幽幽地，回味无穷地谈到吃。那窈窕的长三型的女人歪着头问："你猜我今天早上吃了些什么？"男人道："是甜的还是咸的？"女人想了一想道："淡的。"男人道："这倒难猜了！可是稀饭？"女人摇头抿着嘴笑。男人道："淡的……莲心粥末是甜的，火腿粥末是咸的——"女人道："告诉你不是稀饭呀！"男人道："这倒猜不出了。"旁听的众人都带着鄙夷的微笑，大概觉得他们太无聊，同时却又竖着耳朵听着。一个冠生园的人托着一盘蛋糕挤出挤进贩卖，经过一个黄衣兵士身边却有点胆寒，挨挨蹭蹭的。

查票的上来了。这兵士没有买票，他是个肿眼泡长长脸的瘦子，用很侉的北方话发起脾气来了。查票的是个四川人，非常矮，蟹壳脸上罩着黑框六角大眼镜，腰板毕挺地穿着一身制服，代表抗建时期的新中国，公事公办，和他理论得青筋直爆。兵士渐渐的反倒息了怒，变得妩媚起来，将他的一番苦情娓娓地叙与旁边人听。出差费不够，他哪来这些钱贴呢？他又向查票的央道："大家都是为公家服务……"无奈这查票的执意不肯通融，两人磨得舌敝唇焦，军人终于花了六百块钱补了一张三等票。等查票的一走开，他便骂骂咧咧起来："妈的！到杭州——揍！到杭州是俺们的天下了，揍这小子！"我信以为真，低声问闵先生道："那查票的不知道晓得不晓得呢？到了杭州要吃他们的亏了。”闵先生笑道：“哪里，他也不过说说罢了。”那兵士兀自有板有眼地喃喃念着：“妈的——到杭州！”又道：“他妈的都是这样！兄弟们上大世界看戏——不叫看。不叫看哪：搬人，一架机关枪，嘍尔库嗤一扫！妈的叫看不叫看？——叫看！”他笑了。

半路上有一处停得最久。许多村姑拿了粽子来卖，又不敢过来，只在月台上和小姊妹交头接耳推推搡搡，趁人一个眼不见，便在月台边上一坐，将肥大的屁股一转，溜到底下的火车道上来。可是很容易受惊，才下来又爬上去了。都穿着格子布短袄，不停地扭头，甩辫子，撇嘴，竟活像银幕上假天真的村姑，我看了非常诧异。

火车里望出去，一路的景致永远是那一个样子——坟堆，水车；停棺材的黑瓦小白房子，低低的伏在田陇里，像狗屋。不尽的青黄的田畴，上面是淡蓝的天幕。那一种窒息的空旷——如果这时候突然下了火车，简直要觉得走头无路。

多数的车站仿佛除了个地名之外便一无所有，一个简单化的小石牌楼张开手臂指着冬的荒田，说道：“嘉浔，”可是并不见有个“嘉浔”在哪里。牌楼旁边有时有两只青石条凳，有时有一只黄狗徜徉不去。小牌楼立定在淡淡的阳光里，看着脚下自己的影子的消长。我想起五四以来文章里一直常有的：市镇上的男孩子在外埠读书，放假回来，以及难得回乡下一次看看老婆孩子的中年人……经过那么许多感情的渲染，仿佛到处都应当留着一些“梦痕”。然而什么都没有。

二

中午到了杭州，闵先生押着一挑行李，带着他的小舅子和我来到他一个熟识的蔡医生处投宿。蔡医生的太太也是习护士的，两人都在医院里未回。女佣招呼着先把行李搬了进来，他们家正在开饭，连忙添筷子，还又乱着揩台抹凳。蔡医生的一个十四五岁的儿子穿着学生制服，剃着陆军头，生得鼻正口方，陪着我们吃了粗粝的午饭，饭里班班点点满是谷子与沙石。只有那么一个年青的微麻的女佣，胖胖的，忙得红头涨脸，却总是笑吟吟的。我对于这份人家不由得肃然起敬。

请女佣带我到解手的地方，原来就在楼梯底下一个阴暗的角落里，放着一只高脚马桶。我伸手钳起那黑腻腻的木盖，勉强使自己坐下去，正好面对着厨房，全然没有一点掩护。风飕飕的，此地就是过道，人来人往，我也不确定是不是应当对他们点头微笑。

闵先生把我安插在这里，他们郎舅俩另去找别的地方过夜了。蔡家又到了一批远客，是从邻县避难来的，拖儿带女，网篮里倒扣着猩红洒花洋磁脸盆，网篮柄上掖着潮湿的毛巾。我自己有两件行李堆在一张白漆长凳上——那显然是医院里的家具，具有这一对业医的夫妇的特殊空气。我便在长凳上坐下，伏在箱笼上打瞌盹。迷迷糊糊一觉醒来，已经是黄昏了，房间里还是行装甫卸的样子，卸得遍地都是。一个少妇坐在个包裹上喂奶。玻璃窗上镶着盘花铁阑干，窗口的天光里映出两个少女长长的身影，都是棉袍穿得圆滚滚的，两人朝同一个方向站着，驯良地听着个男子高谈阔论分析时局。这地方和上海的衖堂房子一点也没有什么两样，我需要特别提醒我自己我是在杭州了。

有个瘦小的妇人走出走进，两手插在黑丝绒大衣袋里，堆着两肩乱头发，焦黄的三角脸，倒挂着一双三角眼。她望望我，微笑着，似乎有询问的意思。但是我忽然变成了英国人，仿佛不介绍就绝对不能通话的；当下只向她含糊地微笑着。错过了解释的机会，蔡太太从此不理会我了，我才又自悔失礼。好容易等到闵先生来了，给我介绍说："这是沈太太，"讲好了让她在这里耽搁两天，和蔡太太一床睡，蔡先生可以住在医院里。蔡太太虽然一口答应了，面色不大好看。我完全同情她。本来太岂有此理了。

蔡太太睡的是个不很大的双人床。我带着童养媳的心情，小心地把自己的一床棉被折出极窄的一个被筒，只够我侧身睡在里面，手与腿都要伸得毕直，而且不能翻身，因为就在床的边缘上。铺好了床，我就和衣睡下了，因为胃里不消化，头痛脑涨。女佣兴匆匆上楼，把电灯拍地一开，叫道："师母，吃饭！"我说我人不舒服，不吃饭了，她就又蹬蹬蹬下楼去了。在电灯的照射下，更可以觉得那一房家具是女主人最心爱的——过了时的摩登立体家具，三合板，漆得蜡黄，好像是光滑的手工纸糊的，浆糊塌得太多的地方略有点凸凹不平。衣橱上的大穿衣镜亮的如同香烟听头上拆下来的洋铁皮，整个地像小孩子制的手工。楼上静极了，可以听见楼下碗盏叮当，吃了饭便哗啦啦洗牌，又起麻将来。我在床上听着，就像是小时候家里请客叉麻将的声音。小时候难得有时因为病了或是闹脾气了，不吃晚饭就睡觉，总觉得非常委曲。我这时候躺在床上，也并没有思前想后，就自凄凄惶惶的。我知道我再哭也不会有人听见的，所以放声大哭了，可是一面哭一面竖着耳朵听着可有人上楼来，我随时可以停止的。我把嘴合在枕头上，问着："拉尼，你就在不远么？我是不是离你近了些呢，拉尼？”我是一直线地向着他，像火箭射出去，在黑夜里奔向月亮；可是黑夜这样长，半路上简直不知道是不是已经上了路。我又抬起头来细看电灯下的小房间——这地方是他也到过的么？能不能在空气里体会到……但是——就光是这样的黯淡！

生命是像我从前的老女佣，我叫她找一样东西，她总要慢条斯理从大抽屉里取出一个花格子小手巾包，去掉了别针，打开来轻轻掀着看了一遍，照旧包好，放还原处，又拿出个白竹布包，用一条元色旧鞋口滚条捆上的，打开来看过没有，又收起来；把所有的包裹都检点一过，她自己也皱起了眉毛说“咦？”然而，若不是有我在旁边着急，她决不会不耐烦的，她对这些东西是这样的亲切——全是她收的，她找不到就谁都不要想找得到。

蔡家也就是这样的一个小布包，即使只包着一些破布条子，也显然很为生命所重视，收得齐齐整整的。蔡太太每天早晨九点钟在充满了阳光的寝室里梳洗完毕，把蓝布罩衫肩上的头皮屑劈劈拍拍一阵掸，就上医院去了，她的大衣她留着在家里穿。她要到夜饭前后方才回家，有时候晚上凑个两圈麻将，否则她一天最快乐的时候是临睡之前在床上刮辣松脆地吃上一大包榧子或麻花。她的儿子上学回来便在楼梯口一个小书房里攻书，女佣常常夸说他们少爷在学校里功课非常好。

那女佣虽然害痧眼断送了一只眼睛，还是有一种少女美，胖嘟嘟的，总穿着件稀皱的小花点子旧白布短衫。那衣裳黏在她身上像馒头上的一层皮，尤其像馒头底上湿哜哜的皮，印出蒸笼杠子的凸凹。我猜她只有十八九岁，她笑了起来，说：“哪里？二十八了！”尾声里有一点幽怨。然而总是兴兴头头的，天不亮起来生煤炉，一天到晚只看见她高高举起水壶，冲满那匝着一道红边的藤壳大热水瓶；随时有客人来到，总有饭菜端上来，至不济也有青菜下面。吃了一顿又一顿，一次次用油抹布揩拭油腻的桌面。大家齐心戮力过日子，也不知都是为了谁。

下午，我倚在窗台上，望见邻家的天井，也是和这边一样的，高墙四面围定的一小块地方。有两个圆头圆脑的小女孩坐在大门口青石门槛上顽耍。冬天，都穿得袍儿套儿的，两扇黑漆板门开着，珊瑚红的旧春联上映着一角斜阳。那情形使人想起丁玲描写的她自己的童年。写过这一类的回忆的大概也不止丁玲一个，这样的情景仿佛生成就是回忆的资料。我呆呆的看着，觉得这真是“即是当时已惘然”了。

闵先生来了，我们在蔡家客堂里坐地。有一对穿得极破烂的老夫妇，不知道是男主人还是女主人的亲戚，来到他们家，虽然早已过了吃饭的时候，主人又不在家，佣人却很体谅，立即搬上饭来。老两口子对坐在斜阳里，碗筷发出轻微的叮当。一锅剩饭，装在鹅头高柄红漆饭桶里，热气腾腾的，不知为什么使我想起“黄粱初熟。”这两个同梦的人，一觉醒来，早已忘了梦的内容，只是静静地吃着饭，吃得非常香甜。饭盛得结结实实的，一碗饭就像一只拳头打在肚子上。

那老头子吃完饭，在这里无事可做，徜徉了一会，就走了。

有琵琶声，渐渐往这边来了，远迢迢叮呀咚地，在横一条竖一条许多白粉墙的衖堂里玲珑地穿出穿进。闵先生说是算命的瞎子弹的。自古至今想必总有许多女人被这声音触动了心弦，不由得就撩起围裙暗暗数着口袋里的钱，想着可要把瞎子叫进来问问，虽然明知道自己的命不好。

我听了半晌，忍不住说：“真好听极了！我从来没听见过。”

闵先生便笑着说："要不要把他叫进来？他算起命来是边弹边唱的。"

女佣把那瞎子先生一引引了进来，我一看见便很惊异，那人的面貌打扮竟和我们的一个苏帮裁缝一般无二。大约也是他们的职业关系，都是在女太太们手中讨生活的，必须要文质彬彬，小心翼翼。肌肉一条条往下拖着的"狮子脸，"面色青黄。由于极度的忍耐，总带着酸溜溜的微笑。女佣把一张椅子掇到门边，说道："先生，坐！"他像说书人似地捏着喉咙应道："噢噢！噢噢！"扶着椅背坐下了。

闵先生将他自己的八字报给他听，他对闵先生有点摸不出是什么路道，因此特别留了点神，轻拢慢捻弹唱起来。我悄悄的问闵先生说得可灵不灵，闵先生笑而不答。算命的也有点不得劲，唱唱，歇歇，显然对他有所期待。他只是偏过头去剔牙齿，冷淡地发了句话："唔。你讲下去。"算命的疑心自己通盘皆错，索性把心一横，不去管他，自把弦子紧了一紧，带着蝇蝇的鼻音，唱道："算得你年交十八春……"一年一年算下去，闵先生始终没有半点表示，使算命的自以为一定诌得一点边也没有——这我觉得很残酷，尤其是事后他告诉我说是算得实在很准的。大约这就是内地的大爷派头。

他付钱之前说："有没有什么好听点的曲子弹一只听听？"算命的弹了一只《毛毛雨》。虽然是在琵琶上，听了半阙也就可以确定是《毛毛雨》了。

那老妈妈本来在旁边听着他给闵先生算命的，听上瘾来了，他正要走，又把他叫住了。她显然是给瞎子算惯了命的，她和他促膝坐着，一面听着，一面不住的点头，说"唔，唔，"仿佛一切皆不出她所料。被称为“老太太,”她非常受用。她穿着淡蓝破棉袄,红眼边,白头发,脸上却总是笑嘻嘻的,大概因为做惯了穷亲戚的缘故,一天到晚都得做出愉快的样子。

算命的告诉她:“老太太,你就吃亏在心太直,受人欺……”这是他们的套语,可以用在每一个女人身上的,不管她怎样奸刁,说她“心直口快,吃人的亏”她总认为非常切合的。这老妈妈果然点头不迭,用鼓励的口吻说:“唔,唔……”钉眼望着他,他又唱上一段。她便又追问道:“那么,到底归根结局是怎样的呢?”我不由得倒抽了口凉气,想道:“一个七八十岁的人,好像她这时候的贫穷困苦都还是不算数的——她还另有一个归根结局哩!”那算命的被她逼迫不过,也微微叹了口气,强打精神答道:“归根结局倒还是好的呢!”推算出来,她有一个儿子可靠,而这儿子是好的。我想总不会太好,要不然也不会让她落到这样的地步。然而那老妈妈只是点头,说:“唔,唔。……你再讲呢!”那算命的干笑了一声,答道:“老太太,再讲倒也没有什么讲的了呢!”我觉得这句话非常刺心,我替那老妈妈感到羞赧,同时看这算命先生和老太太们缠惯了的无可奈何的憔悴的脸色,也着实可怜。

闵先生的小舅子从来没到过杭州,要多玩几天。我跟着他们一同去游湖。走出来,经过衖堂,杭州的衖堂房子不知为什么有那样一种不祥之感——在淡淡的阴天下,黑瓦白房子无尽的行列,家家关闭着黑色的门。

衖堂外面有个小河沟。淡绿的大柳树底下,几个女人穿着黑苍苍的衣服,在墨黑的污水里浣衣。一张现成的风景画,但是有点肮脏,湿腻腻的,像是有种“奇人”用舌头蘸了墨画出来的。

来到湖边,闵先生的舅子先叫好了一只船,在那里等着,船上的一张藤桌上也照例放着四色零食：榧子，花生，干瘪的小橘子和一种极坏的纸包咖啡糖。也像冬天的西湖十景，每样都有在那里，就是不好。

船划到平湖秋月——或者是三潭印月——看上去仿佛是新铲出来的一个土坡子，可能是兆丰公园里割下来的一斜条土地。上面一排排生着小小的树，一律都向水边歪着。正中一座似庙非庙的房屋，朱红柱子。船靠了岸，闵先生他们立刻隐没在朱红柱子的回廊里，大约是去小便。我站在渡头上，简直觉得我们普天之下为什么偏要到这样的一个地方来。

此后又到了一个地方，如果刚才是平湖秋月，那么现在就是三潭印月了。这一次闵先生的舅子从船立起身的时候，给座位上一粒钉绊住了，把他簇新的黄卡其空军袴子撕破了一块。闵先生代他连呼心痛不置，他虽然豪气纵横地不甚理会，从此游兴顿减，哪里也不想去了，一味埋头吃榧子，吃得横眉竖目的。

小船划到外湖的宽阔处，湖上起了一层白雾，渐渐浓了。难得看见一两只船，只是一个影子，在白雾里像个黑蚂蚁，两只桨便是蚂蚁脚，船在波中的倒影却又看得很清楚，好像另有个黑蚁倒过来蠕蠕爬着。天地间就只有一倒一顺这几个小小的蚂蚁。自己身边却有那酥柔的水声，偶而“咽”地一响，仿佛它有块糖含在嘴里，隔半天咽上一口溶液。我第一次感到西湖的柔媚，有一种体贴入微的姬妾式的温柔，略带着点小家气，不是叫人觉得难以消受的。中国士大夫两千年来的绮梦就在这里了。雾蒙蒙的，天与水相偎相倚，如同两个小姊妹薰香敷粉出来见客，两人挨得紧紧的，只为了遮蔽自己。在这一片迷茫中，却有一只游船上开着话匣子，吱吱呀呀刺耳地唱起流行歌来。在这个地方，古时候有过多少韵事发生，至今还缠绵不休的西湖上，这电影歌曲听上去简直粗俗到极点，然而也并无不合，反倒使这幅图画更凸出了。

我们在馆子里吃了晚饭，先送我回家。经过杭州唯一的一条大马路，倒真是宽阔得使人诧异，空荡荡的望不到头。这不聚气的地方是再也繁华不起来的，霓虹灯电灯都成了放射到黑洞洞的天空里的烟火花炮，好像眼看着就要纷纷消灭了。我很注意地看橱窗里强烈的灯光照出的绣花鞋，其实也不过是上海最通行的几个样子，黑缎子鞋头单绣一朵雪青蟹爪菊，或是个酱红圆寿字，绿色太极图。看到这些熟悉的东西，我不禁对上海有咫尺天涯之感了。

随后渐渐走入黑暗的小街小巷，一脚高一脚低，回到蔡家。楼上有一桌牌，闵先生他们就在楼下坐了一会，我倒了两杯开水上来，我自己也捧了一杯开水，坐在昏黄的灯光下。我对他们并没有多少友谊，他们对我也不见得有好感，可是这时候我看见他们总觉得有一种依恋。

在蔡家住了三四天，动身的前夜，我把行李整理好了，早早上床睡了，蔡太太在我身边兀自拥被坐着，和打地铺的亲戚们聊天，吃宵夜，忽然有人打门，女佣问："什么人？"答道："我！"蔡太太她们还在那里猜度不知是谁这时候跑了来，我早已听出来是闵先生。闵先生带了两蒲包糖果来送给蔡太太，因为这两天多有打搅。两人客气了一会，蔡太太就在枕上打开蒲包，拈了些出来尝尝。闵先生笑着说："明天要走了。……要走了，下次来一定陪蔡太太打牌。——沈太太已经睡了么？"我面朝里躺着。听到闵先生的声音，仿佛见了亲人似的，一喜一悲，我一直算是睡着了没作声，可是沿着枕头滴下眼泪来了。

三

到永浬去的小火车，本是个货车，乘客便胡乱坐在地下。可是有一个军官非常的会享福，带了只摇椅到火车上来，他躺在上面，拥着簇新的一条棉被，湖绿绉纱被面，粉红柳条绒布里子。火车摇得他不大对劲的时候，更有贴身伏侍的一个年青女人在旁推送。她显然是挑选得很好的一个女人，白油油的滚圆的腮颊，孩子气的侧影，凹鼻梁，翘起的长睫毛，眼睛水汪汪地。头发也像一般的镇上的女子，前面的鬅发做得高高的，却又垂下丝丝缕缕的前溜海，显得叠床架屋。她在青布袍上罩着件时式的黑大衣，两手插在袋里，端着肩膀，马上就是个现代化的轮廓。脚上却还是穿了布鞋，家里做的圆口灰布鞋，泥土气很重。她就连在嘘寒问暖的时候，虽然在火车轰隆轰隆的喧声里，仍旧显得喉咙太大了，是在田野里喊惯了的喉咙。那军官睁开一双黄黄的大眼睛，向她看了一眼。被窝严严地盖在嘴上，也许他曾经嗡隆了一声作为答覆，也许并没有。随即又阖上眼皮，瘦骨脸上现出厌世的微笑，飘然入睡了。一颗头渐渐坠在椅背上，一颠一颠。女人便道：“可要把你的斗蓬垫在后面枕着呢？”他又张开眼，一瞥，不作声，也没有表情。她可又忙起来，忙了一会，重新回到她的椅子上，那椅子很高，她坐在上面必须把两只脚踮着点。她膝前有个仆人坐在地下，一个小尖脸的少年人，含着笑，很伶俐的样子，并不是勤务兵的打扮。天冷，他把鞋脱了，孜孜的把脚贴在个开了盖的脚炉上烤。他身后另搁着一双草鞋。旁边堆着他们的行李，包裹堆里有两只鸡，咯咯的在蒲包里叫着。

车上的小生意人，乡农和学生一致注目看着那军人，看着他在摇椅上入睡，看着他的女人与仆人，他的财产与鸡只。很奇异地，在他们的眼光里没有一点点批评的神气，却是最单纯的兴趣。看了一会，有个学生弯腰系鞋带，他们不约而同转过脸来细看他的皮鞋的构造。随后又有人摸出打火机来点香烟，这一次，观众却是以十倍浓厚的兴趣来瞪视那打火机了。然而，仍旧没有批评，没有惊叹，只是看着，看着，直到他收了起来为止。

在火车的轰轰之上，更响的轰隆一声，车那头的一个兵，猛力拉开了一扇窗户。尘灰蒙蒙的三道太阳光射了进来，在钢灰的车厢里，白烟似的三道，该是一种科学上的光线，X光，紫外光，或是死光。两个小兵穿着鼓鼓揣揣的灰色棉袄，立在光的过道里。

有个女人在和一个兵攀谈。那女人年纪不过三十开外，团团的脸，搽得“胭脂花粉”的。肿眼泡，乌黑的眼珠子，又有酒窝又有金牙齿，只是身材过于粗壮些。她披着一头鬈发，两手插在藏青绒线衫袋里，活泼能干到极点，对于各方面的情形都非常熟悉，无论人家说什么她都插得上嘴去。那兵是个矮矮的身材非常厚实的中年人，橙红色的脸，一脸正人君子的模样。他一手叉着腰，很谨慎地微笑对答着，承认这边的冬天是冷的，可是“我们北方还要冷。”

那妇人立意要做这辆车上的交际花，遂又走过这边来，在军官的摇椅跟前坐下了，拖过她的脚炉，脱掉她的白帆布绊带鞋，一双充毛短袜也脱了去，只穿着肉红线袜。她坐在那里烤脚，揸开两腿，露出一大片白色棉毛袴的袴裆，平坦的一大片，像洗剥干净的猪只的下部。

军官的姨太太问军官："现在不知道有几点钟？"她便插嘴道："总有十点多了。"军官的姨太太只当不听见。至于军官，他是连他的姨太太都不理睬的。姨太太间或与仆人交谈，膝下的这个女人总也参加意见。到了一个站头上，姨太太有一点犹疑地向仆人打听这里可有地方大解，又说："不晓得可来得及。"那妇人怂恿道："来得及！来得及！"说过之后，没有反响，她自己的脸色也有点变了，但依旧粉香脂艳地仰面笑着，盯眼看着这个那个，谛听他们自己堆里说话。

姨太太毕竟没有下去解手，忍了过去了。仆人给她买了一串滚烫的豆付干来。她挺着腰板坐在那不舒服的高椅上，吃掉了它。

那妇人终于走开了，挤在一群生意人队里，含着笑，眼睁睁地听他们说话，仿佛每一句话都恰恰打到她心坎里去。然后她觉得无聊起来。她怕风，取出一块方格子大手帕来，当作围巾兜在颔下。她在人丛里找了块地方，靠着个行李卷睡觉了。她仰着头，合着眼，朱唇微微张着，好像等着个吻。人们将两肘支在行李卷上站着，就在她头上说说笑笑，完全无动于中。

车厢的活络门没关严，砑开两尺宽的空隙，有人吊在门口往外看。外面是绝对没有什么十景八景，永远是那一堂布景——黄的坟山，黄绿的田野，望不见天，只看见那遥远的明亮的地面，矗立着。它也嫌自己太大太单调；随着火车的进行，它剧烈地抽搐着，收缩，收缩，收缩，但还是绵延不绝。

寒风飕飕吹进来。

四

借宿在半村半郭的人家。这两天一到夜晚，他们大家都去做年糕。方方的一个天井，四周走廊上有两三处点着灯烛，分别地磨米粉，舂年糕。另有一张长板桌，围上许多人，这一头站着一个长工，两手搏弄着一个西瓜大的炽热的大白球，因为怕烫，他哈着腰，把它滚来滚去滚得极快，脸上现出奇异的微笑，使人觉得他做的是一种艰苦卓绝的石工——女娲炼石，或是原始民族的雕刻。他用心盘弄着那烧热的大石头，时而掰下一小块来，掷与下首的女孩，女孩便把那些小块一一搓出长条，然后由主妇把它们纳入木制的模型，慢吞吞地放进去，小心地捺两捺，再把边上抹平了，还要向它端相一会，方才翻过来，在桌面上一拍，把它倒出来。她不慌不忙的，与其说她在那里做着工作，毋宁说她是做着榜样给大家看。她本人就是一个敝旧的灰色的木制模子，印有梅花兰花的图案。她头发已经花白了，人也发胖了，身材臃肿，可是眉目还很娟秀，脸色红红的。她旁边站着的是她的弟媳妇，生得有一点寡妇相，刮骨脸，头发前面有些秃上来了。她笑吟吟地，动作非常俐落，用五根鹅毛扎成的小刷子蘸了胭脂水，每一块年糕上点三点，成为三朵红梅，模糊地叠印在原有的凸凹花纹上。忽然之间，长桌四周闹烘烘地围着的这些人全都不见了，正中的红蜡烛冷冷清清点剩半截，桌上就剩下一只洋铁罐，里面用水浸着一块棉花胭脂。主妇抱着胳膊远远地看着佣仆们把成堆的年糕条搬到院落那边的堂屋里去，她和主人计算着几十斤米一共做了几百条。

有一次她和我攀谈，我问起她一共有几个儿女，除了我看见的三男二女之外她还有过一个大女儿，在城里读书读到高中一了，十七岁的时候生肺病死了。她抹着眼泪给我看一张美丽的小照片，垂着两条辫子的，丰满的微笑着的面影。谈到后来，她打听我的来历。依照闵先生所编的故事，我是一个小公务员的女人，上×城去探亲去的。闵先生说，年纪说得大些好，就说三十岁。大概是我的虚荣心作祟，我认为这是很不必要的谎话。当这位太太问起我的年龄的时候，这虚荣心又使我顿了一顿，笑着回答说“二十九岁。”她仿佛不能相信似地说：“已经二十九岁了？……哦？……”这使我感到非常满足。

所有的女眷都睡在楼上，但是，已经上了床的太太还是可以用她的娇细尖锐的嗓子和楼下对谈，她要确实知道什么门可记得关好，什么东西可收起来了。那楼板透风，震震作响，整个的房子像一个大帐篷。女佣搭着铺板睡在楼梯口，床铺附近堆着一大筐一大筐的谷，还有一个尿桶，就是普通的水桶，没有盖的，上面连着固定的粗木柄，恰巧压在人的背脊上，人坐在上面是坐不直的。也不知为什么，在那里面撒尿有那样清亮的响得吓人的回声。

楼上只有一间大房，用许多床帐的向背来隔做几间，主妇非常惋惜地说从前都是大凉床，被日本人毁了，现在是他们说笑话地自谦为“轿床”的，像抬轿似的用两根竹竿架起一顶帐子就成了。

老太太带着脚炉和孙女睡一床。为小女孩子脱衣服的时候，不住口地喃喃呐呐责备着她，脱一层骂一层，倒像是给衣裳鞋袜都念上些辟邪的经咒。

我把帐子放下了。隔着那发灰的白夏布帐子，看见对床的老太太还没吹熄的一盏油灯的晕光，白阴阴的一团火，光芒四射，像童话里的大星。

我半夜里冻醒过一次，把丝棉袍子和绒线短袜全都穿上了再睡。早晨醒来，楼上黑洞洞的一个人也没有。屋顶非常高，芦席搭出来的，在微光中，一片片芦席像美国香烟广告里巨大的金黄色烟叶。已经倒又磨起米粉来了，“咕呀，咕呀，”缓慢重拙的，地球的轴心转动的声音……岁月的推移……

五

闵先生替我雇好了轿子，叫我先到他家里去等他，他自己在县城里还有两天耽搁。轿子在丛山里要走一天。中午经过一家较大的村庄，停下来吃饭。一排有两三家饭店，轿夫拣门面最轩昂的一家停下了。那家人家楼梯很奇怪，用荷叶边式的白粉矮墙作为扶手，砌出极大的不规则的波浪形，非常像舞台上图案化的布景。楼下就是一大间，黑魆魆，闹烘烘的，也正像话剧开演前的舞台。房顶上到处有各种食料累累地挂下来，一棵棵白菜，长条的鲜肉，最多的是豆付皮，与一种起泡的淡黄半透明的，一大张一大张的——不知是什么。看上去都非常好吃。跑堂的同时也上灶，在大门口沙沙沙炒菜，用夸张的大动作抓把盐，洒点葱花，然后从另外一只锅里，水淋淋地捞出一团汤面，“刺啦”一声投到油锅里，越发有飞沙走石之势。门外有一个小姑娘蹲在街沿上，穿着邮差绿的袴子，向白泥灶肚里添柴。饭店里流丽的热闹满到街上去了。

这一带差不多每一个店里都有一个强盗婆似的老板娘坐镇着，齐眉戴一顶粉紫绒线帽，左耳边更缀着一只孔雀蓝的大绒球——也不知什么时候兴出来的这样的打扮，活像个武生的戏装。帽子底下长发直披下来，面色焦黄，杀气腾腾。这饭店也有一个老板娘，坐在角落里一张小青竹椅上数钱。我在靠近后门的一张桌子上坐下了。坐了一会，那老板娘慢慢地踅过来问："客人吃什么东西？"我叫了一碗面，因为怕他们敲外乡人竹杠，我问明白了鸡蛋是卅元一只，才要了两只煎鸡蛋。

隔壁桌子上坐着三个小商人，面前只有一大盘子豆付皮炒青菜，他们一人吃了几碗饭，也不知怎么的竟能够吃出酒酣耳热的神气。内中有一个人，生着高高的鹰钩鼻子，厚沉沉的眼睑，深深的眼睛，很像"历史宫闱巨片"里的大坏人。他极紧张地在那里讲生意经，手握着筷子，将筷子伸过去揿住对方的碗，要他特别注意这一点，说："……一千六买进，卖出去一千八……"颈项向前努着，微微皱着眉，脸上有一种异常险恶的表情，很可能是一个红衣大主教在那里布置他的阴谋。为很少的一点钱，令人看了觉得惨然。

后门开出去，没有两步路便是下泻的山坡，通着田畈。门首有个羊圈，一只羊突然把它的很大的头伸进来，叫了一声"咩~~！"昂着头，穿着褴褛的皮衣，懒洋洋地十分落寞，像白俄妇女在中国小菜场上买菜，虽然搭不出什么架子来，但依旧保持着一种异类的尊严。这头羊和一屋子的吃客对看了一下，彼此好像都没有得到什么印象。它又掉过头去向外面淡绿的田畴"咩~~！"叫了一声。那一声叫出去，仿佛便结的人出了恭，痛苦而又松快。它身上有虱子，它的卷毛脏得有些湿漉漉的。但是外面风和日丽，它很喜欢它的声音远远传开去，成为远景的一部分，因又叫道："咩~~！"

不知谁把一篮子菜放在后门口，一只红眼圈的小羊便来吃菜。它全然不晓得这是千载难逢的好机会。吃两口，又发一回楞，嘴角须须啰啰拖下两根细叶子。断断续续却也吃了半晌。我恨不得告诉饭店里的伙计：“一篮子菜都要给那个羊吃光了！”同时又恨不得催那羊快点吃，等会有人来了。

老板娘端了一碗面来，另外有个青花碟子装，里面油汪汪的，盛着两只煎鸡蛋，却是像蛋饺似的里面塞着碎肉，上面洒着些酱油与葱花。我想道：“原来乡下的荷包蛋是这样的，荷包里不让它空着。”付账的时候，老板娘说：“那鸡蛋是给你特别加工的，”合到二百元一只。同桌坐的一个陌生人吃的一碗炒饭，也糊里糊涂的算在我账上。后来还是那客人看不过去，说话了，老板娘道：“我当你们是一起的呀！”结果还了我一百块钱。

我走出门来寻找轿夫，他们在隔壁一个小饭店里围着方桌坐在长板凳上，泡了一壶茶，大家把外面衣服都脱了，只剩下一件黑而破的汗衫背心。我说：“好走了吧？”他们说：“吃了饭就走。已经买了米，在那里烧着了。”我不由得倒抽了一口凉气。我又不愿意回到刚才那饭馆子里去，和那老板娘相处。宁可在街上徜徉着。轿子停在石子路边，颗颗小圆石头嵌在黑泥里。轿子上垫着我的一条玫瑰红面子棉被，被角上拖在泥里，糊了些泥浆。我看了很心痛——以后还得每天盖在身上，蒙在头上的，又没法子洗它。我只得守在旁边，不让街上来往的母鸡拉屎在上面。

这里正对着一爿店，里面卖的是麻饼和黑芝麻棒糖。除这两样之外，柜台上还堆着两小叠白纸小包，有人来买了一包，当场拆开来吃，里面是五只麻饼。柜台上另外一叠想必是包好的黑芝麻棒糖了。不过也许仍旧是麻饼。——这样的店还开它做什么呢？我看了半晌，慢慢的走过去看隔壁的一个裁缝铺子。空空的，有一个裁缝很黯淡地在那里做着军装。再过去一家店，更看不出来是卖什么的，有个小女孩用机器卷制“土香烟。”那机器是薄薄的小小的一个洋铁匣子放在八仙桌上，简直像洋火盒子似的，仿佛可以呱哜一声把它踏个粉碎……这小地方，它给人一种奇异的影响，使一个人觉得自己充满了破坏的力量，变得就像乡村里驻扎的兵，百无聊赖，晃着膀子踱来踱去，只想闯点祸……

太阳晒过来，仿佛是熟门熟路来惯了的。太阳像一条黄狗拦街躺着。太阳在这里老了。

轿夫一顿饭吃了两三个钟头。再上路的时候，我听见一个轿夫告诉另外一个——大概他去打听过了我吃了些什么——“肉丝汤面，一百八。”不知为什么，出之于非常满意的口吻。

再走二十里路，到了周村。周村的茅厕特别多而且触目。一到这地方，先是接连一排十几个小茅棚，都是迎面一个木板照壁架在大石头上，遮住里面背对背的两个坑位。轿子一路抬过去，还是茅厕，还是茅厕。并没有人在那里登坑，一个也没有。下午的阳光晒在屋顶上铺的白苍苍的茅草上。

茅厕完了，是一排店铺。窄窄的一条石子路，对街拦着一道碎石矮墙，墙外什么也没有，想必就是陡地削落下去的危坡。这边的一个肉店里出来一个妇人，捧着个大红洋磁面盆，一盆脏水，她走过去往墙外一泼。看了吓人一跳——那外面虚无飘渺的，她好像把一盆污水倒到碧云天外去了。

轿夫放下轿子歇脚，我又站在个小店门口，只见里面一刀刀的草纸堆得很多。靠门却有个玻璃橱，里面陈列着装饰性的牙膏牙粉，发夹的纸板，上面都印着明星照片。在这地方看见周曼华李丽华的倩笑，分外觉得荒凉。

街上一个汉子挑着担子，卖的又是黑芝麻棒糖。有个老婆婆，也不知是他亲眷还是个老主顾，站住了絮絮叨叨问他打听价钱。

他仿佛不好意思起来，一定要送给她两根黑芝麻棒糖，她却虎起了脸，执意不收。推来让去好一会，那小贩嘻嘻的虽然笑着，脸上渐渐泛出红色，有点不耐烦的样子。那老婆子终于勉强接受了，手捏着两根黏黏的黑芝麻棒糖，蹒跚地走开去。一转背，小贩脸上的笑容顿时换了地盘，移植到老婆子的衰颓下陷的脸上去。她半羞半喜地一步步走不见了。那么硬的糖，她是决吃不动的。不知带回去给什么人吃。

在这条街上的一列白色小店与茅厕之上，现出一抹远山，两三个淡青的峰头。山背后的晴朗的天是耀眼的银色。

有一个香烛店里高悬着一簇簇小红蜡烛，像长形的红果子，累累地挂下来。又有许多灯笼，每一个上面都是一个“周”字。如果灯笼上的字是以资鉴别的，这不是一点用处也没有么？轿夫去买了一盏描花小灯笼，挂在轿杠后面。我见了不由得着急起来，忍不住问道：“什么时候可以到闵家庄呢？晚上还要赶路？”轿夫笑道：“不是的，我买了带回家去的。过了年，正月里，给小孩子玩的。”一路上这红红绿绿的小灯笼摇摇摆摆跟在我们后面，倒有一种温暖的家庭的感觉。太阳一落，骤然冷起来了。深山里的绿竹林子唏溜唏溜发出寒冷的声音。路上遇见的人渐渐有这两个轿夫的熟人了，渐渐有和他们称兄道弟的他们自己族里的人了。就快到闵家庄了。

六

快过年了，村子里每天总有一两家人家杀猪。我每天天不亮就给遥远的猪的长鸣所惊醒，那声音像凄厉沙嗄的哨子。

闵先生家里杀第一只猪，是在门外的广场上。邻人都从石阶上走下来观看。那广场四周用砖石砌出高高的平台，台上筑着房子，都是像凄凉的水墨画似的黑瓦，白粉墙被雨淋得一搭黑一搭白的。泥地上有一只猪在那里恬静地找东西吃。我先就没注意到它。先把它饿了一天，这时候把它放了出来，所以它只顾埋头觅食。忽然，它大叫起来了——有人去拉它的后腿。叫着叫着，越发多两个人去拉了。它一直用同样的声调继续嘶鸣，比马嘶难听一点，而更没有表情，永远是平平的。它被掀翻在木架上，一个人握住它的前腿后腿，另一个人俯身去拿刀。有一只篮子，装着尖刀和各种器具。篮子编完了还剩下尺来长一条篾片，并没有截去，翘得高高的，像人家画的兰花叶子，长长的一撇，天然姿媚。屠夫的一只旱烟管，也插在篮子柄的旁边。尖刀戳入猪的咽喉，它的叫声也并没有改变，只是一声声地叫下去。直到最后，它短短地咕噜了一声，像是老年人的叹息，表示这班人是无理可喻的。从此就沉默了。

已经死了，嘴里还冒出水蒸气的白烟。天气实在冷。

家里的一个女佣挑了两桶滚水出来，倾在个大木桶里。猪坐了进去，人把它的头极力捺入水中，那颗头再度出现的时候，毛发蓬松像个洗澡的小孩子。替它挖耳朵。这想必也是它生平第一次的经验。然后用一把两头向里卷的大刹刀，在它身上成团地刮下毛来。屠夫把猪蹄上的指甲一剔就剔掉了。雪白的腿腕，红红的攒聚的脚心，很像从前女人的小脚。从猪蹄上吹气，把整个的一个猪吹得臌胀起来，使拔毛要容易得多。屠夫把嘴去衔着猪脚之前，也略微顿了一顿，可见他虽然习惯于这一切，也还是照样起反感的。

旁边看的人偶而说话，就是估量这只猪有多少斤重，有多少斤油；昨天哪家杀的一只有多少斤重，他家还没杀的那只有多少斤重。他们很少对白，都是自言自语的居多。一村里最有声望的人家的少奶奶发出个问句，都没有人答理。有一个高大的老人站着看了半天之后，回家去端了个青花碗出来，站在那里，一壁看一壁吃着米粉面条。

猪毛有些地方不易刮去，先由女佣从灶上提了水来，就用那冲茶的粉紫洋磁水壶，壶嘴紧挨在猪身上，往上面浇。混身都剃光了，单剩下头顶心与脑后的一摊黑毛最后剃。一个雪白滚壮的猪扑翻在桶边上,这时候真有点像个人。但是最可憎可怕的是后来，完全去了毛的猪脸，整个地露出来，竟是笑嘻嘻的，小眼睛眯成一线，极度愉快似的。

腊月二十七，他们家第二次杀猪。这次不在大门口，却在天井里杀，怕外头人多口杂，有不吉利的话说出来，因为就要过年了。猪如果多叫几声，那也是不吉利的，因此叫到后来，屠夫便用手去握住它的嘴。听他们说，今天是要在院子里点起了蜡烛杀的，以为一定有些神秘的隆重的气氛。倒是把一张红木雕花桌子掇到院子里来了，可是一桌子的灰，上次杀那只猪，大块的生肉曾经搁在这张桌子上的，还腻着一些油迹，也没揩擦一下。平常晚上点蜡烛总是用铜蜡台，今天却用着特别简陋的一种——一只乌黑的洋铁罐生出两只管子，一个上面插一只红烛。被风吹着，烛泪淋漓，荷叶边的小托子上，一瓣一瓣堆成个淡桃红的雏菊。一大束香，也没点起来，横放在蜡台底下。

猪的喉咙里汩汩地出血，接了一桶之后还有些流到地下，立刻有只小黄狗来叭哒叭哒吃掉了。然后它四面嗅过去，以为还有。一抬头，却触到那只猪跷得远远的脚。它嗅嗅死了的猪的脚，不知道它下了怎样的一个结论，总之它很为满意，从此对于那只猪也就失去了好奇心，尽管在它腿底下钻来钻去，只是含着笑，眼睛亮晶晶的。屠夫把它一脚踢开了，不久它又出现在屠夫的胯下。屠夫腿上包着麻袋作为鞋袜，与淡黄的狗一个颜色。

几只鸡，先是咯咯叫着跑开了，后来又回来了，脖子一探一探的，提心吊胆四处踏逻。但是鸡这样东西，本来就活得提心吊胆的。

以后，把大块的肉堆在屋里桌子上，猪头割下来，嘴里给它衔着自己的小尾巴。为什么要它咬着自己的尾巴呢？使人想起小猫追自己的尾巴，那种活泼泼的傻气的样子，充满了生命的快乐。英国人宴席上的烧猪躺在盘子里的时候，总是口衔一只蒸苹果，如同小儿得饼，非常满足似的。人们真是有奇异的幽默感呀！

七

闵先生有个叔叔，生着非常厉害的肺病。杀猪的时候他也耸着肩袖着手在旁边笑嘻嘻站着看。他已经失去了嗓音，但也啾啾唧唧地批评着，说“这只猪只有前身肥。”他们这一房和闵先生这边是分炊的，虽住在一所房子里，也不大有什么来往，楼上的走廊用一层板壁在中间隔断了。夜深人静，我常常可以听见他的咳嗽——奇异的没有嗓子的咳嗽，空空的，狭狭的，就像是断断续续的风吹到一个有裂罅的小竹管里，听得人毛骨悚然，已经有鬼

异乡如梦

的灵感来源了。甚至传说中的《描金凤》,前身会否也是这部《异乡记》呢?

由于是未定稿，每一页都东涂西抹的，漏洞在所难免：如第十章写“正月底”上路,到第十二章反而时光倒流为“元宵节”。再加上笔记本残缺不全,这部《异乡记》的毛病是毋庸讳言的。但基于以下两个理由，我还是决定把它公之于世。

首先，《异乡记》以张爱玲往温州途中的见闻为素材，详细补充了《小团圆》第九和第十两章，而当中的情节及意象亦大量移植到日后的作品内。《异乡记》的发表，不但提供了有关张爱玲本人的第一手资料，更有助我们了解她的写作意图及过程。

第二，张曾在五十年代初跟我母亲邝文美说：

> 除了少数作品，我自己觉得非写不可（如旅行时写的《异乡记》)，其余都是没法才写的。而我真正要写的，总是大多数人不要看的。

> 《异乡记》——大惊小怪，冷门，只有你完全懂。

明知“大多数人不要看”，看了也不会“完全懂”，张爱玲还是觉得《异乡记》“非写不可”,足见此作在她心中的重大意义。如此说来，它对读者无疑是一大挑战。究竟它是“巅峰之作”，抑或“屡见败笔”？作者又为什么要“非写不可”呢？我姑且不说，就留给大家自己判断吧。

二〇〇三年我自美返港，在家中找到几箱张爱玲的遗物，包括她的信札及小说手稿。手稿当中，有些明显是不完整的，例如一部题作《异乡记》[①] 的八十页笔记本。这是第一人称叙事的游记体散文，讲述一位“沈太太”（即叙事者）由上海到温州途中的见闻[②]。现存十三章，约三万多字，到第八十页便突然中断，其余部分始终也找不着。因为从未有人提及它，当初我对这残稿便不怎样留意，只搁在一旁暂且不管。直到几年后，我才慢慢发现它的真正意义。

二〇〇九年《小团圆》出版，引起轰动。我是在二〇〇八年底才首次看这部小说的，很快便发现有些章节跟张爱玲的旧作十分相似，如《小团圆》第九章便跟一九四七年的散文《华丽缘》如出一辙。而《华丽缘》的闵少奶奶，又令我想起《异乡记》的闵先生和闵太太，难道《华丽缘》是《异乡记》的一个段落？重看一遍《异乡记》，只第九章有一句提及《华丽缘》的社戏，却没有详细描写，但肯定的是，《华丽缘》与《异乡记》的故事背景是完全一致的。既然《小团圆》和《华丽缘》都跟张爱玲的个人经历息息相关，那么我们几乎可以断定，《异乡记》其实就是她在一九四六年头由上海往温州找胡兰成途中所写的札记了。

重看了张爱玲部分作品后，我终于明白《异乡记》的两重

---

①原稿经过涂改，隐约可见最初的题目是“异乡如梦”。

②作者没有直接介绍自己，仅借旁人之口告诉读者她是“沈太太”。至于旅程路线，也是在游记中逐渐透露，例如手稿第四页明言起点是上海，到第七十三页才提及要去永嘉（可知目的地是温州）。但为什么去温州呢？作者只在第二章暗示过要找一位叫“拉尼”的人，似乎就是她的丈夫。由于稿件不全，她最后是否找到拉尼，找到后又发生什么事，我们都无法知道。

关于《异乡记》

宋以朗

气了。有时候我也看见他在楼梯脚下洗脸，一只脸盆放在一张酱红的有抽屉的桌子上。有一天，一只母鸡四顾无人，竟飞到桌上来，哒哒哒啄着那粉紫脸盆上的小白花，它还当是一粒粒的米。我看了不知为什么有一种异样的感觉。那一刹那好像是在生与死的边缘上。

闵先生的母亲就只他这一个儿子，无论如何要他在家里过了年再走。过了年，又没有轿子可乘，轿夫们要休息到年初五。在乡下过年，没什么别的玩的，就是赌。闵先生郎舅每天上三十里外的周村去打牌九，常常一连好几天不回家，回来也昏天黑地的，就睡了。我想催他们走也没有机会。闵先生自己也觉得心虚，越发躲着我。我真着急，我简直想回上海去了——至少我有能力单独到杭州，从杭州到上海。

在这里一住就是两个月……

我的房间里，脸盆架子底下搁着一坛酱油。阴天，酱油的气味格外浓烈，早晨弯着腰在那上面洗脸，总疑心是自己身上发出来的。

窗户正对着山。大开着窗子，天色淡白，棕绿的山岗上一株株的树，白色的纤瘦的树根今天看得特别清楚，一个个都像是要走下来，走到人家房间里来。阴天，户外是太寂寞。

对门有一座白粉墙的大房子，许多穷苦的人家在里面聚族而居。时常有人上山打了柴回来，挑着一担柴走进中门。带着绿叶子的树柴，蓬蓬松松极大的两捆，有两个人高，像个怪鸟展开两翅栖在他肩上。他必须偏着身子，试探了半天方才走得进去。

大家从早到晚只忙得一个吃。每天，那白房子喷出白色的炊烟的时候，那就是它“真个销魂”的时候了。在中午与傍晚，漫山遍野的小白房子都冒烟了，从壁上挖的一个小方洞里。真有点像“生魂出窍，”“魂飞天外，魄散九霄。”有时候，在潮湿的空气里，炊烟久久不散，那微带辛辣的清香，真是太迷人的。

对门一个匠人在院子里工作，把青竹竿剖成两半，削出薄片来。然后他稍微休息了一下。他从屋里拖出两只完工的篾篓，他坐在那里，对着两个篾篓吸旱烟，欣赏自己的作品。篾篓用青色与白色的篾片编成青与白的大方格。他们就晓得方格子，穿衣服也是小方格，大方格，像田畦一样。

他把长条的竹片穿到篓里去做一个柄。做做，热起来了，脱下棉袄来，堆在个椅子上。顺手拿起一件小孩的紫红棉袍，也把它挂在椅背上，爱抚地。

有人肩上担着几丈长的许多竹竿从山上来，走进门，把竹竿掀在地上，豁朗朗一声巨响。这编篮子的只顾编他的，并不抬头。他女人抱着孩子出来了，坐在走廊上补缀他卸下的棉袄。两人都迎着太阳坐在地下，一前一后。太阳在云中徐徐出没，几次三番一明一暗，夫妻俩只是不说话。他女人年纪不上二十，披着一头乌油油的头发，方圆面盘，低蹙的额角，白腻的脸，猩红的嘴唇。男人相貌也不错，高个子，只是他剃光的头上略有几个疮疤。

晒着太阳，女人月香觉得腰里痒起来，掀起棉袄看看，露出一大片黄白色的肉。抓了一会，她疑心是男人的衣服上有虱子，又把他那件棉袄摊开来看看，然后把他的袖子掏出来，继续缝补。

男人做好了一只篮子的柄，把一只脚踏进去，提起了柄试试。很结实。走过的人无不停下来，把一只脚踹进去，拎着柄试一试。试完了，一句话也不说，就又走了。

女人端了三碗菜出来，放在露天的板桌上。男人自己盛了饭，倒了一茶盅酒，向小孩叫道："喂，好来吃饭了欧！ "小孩还不会说话，女人抱着他坐下来吃饭，他不时地把小脸凑到她的饭碗跟前，"唔，唔，唔，"地，扭来扭去不肯安份。男人第一筷先夹了些菜送到小孩口里。两只菜碗里都是黧黑的，似是咸菜，还有一碗淡色的不知是鱼是肉，像是新年里剩下来的。男人吃了便把骨头吐在地下，女人只有趁他去盛饭的时候迅速地连拣了几筷。一只狗钻到男人椅子底下。一根蓬松的尾巴。在他的臀后摇摆着，就像是金根的尾巴一样。

一个嫂嫂模样的人走过来，特地探过头来看明白了他们吃的是什么菜。然后一声不言语，走了。

金根先吃完，他掇转椅子，似乎是有意地，把背对着月香，伛偻着抽旱烟。

始终不说话。看着他们，真也叫人无话可说。

意想不到地，他们的屋顶上却有一些奇特的装饰品。乌鳞细瓦的尽头拦着三级白粉矮墙，不知为什么；每一级上面还搭着个小屋顶，玲珑得像玉器。每一级粉墙上绘着一幅小小的墨笔画。一幅扇面形的，画着琴囊宝剑，一幅长方的，画着兰花。都是些离他们的生活很远的东西，像天堂一样远。最上面的一幅，作六角形，风吹雨打，看不清楚了，轻淡极了，如同天边的微月。

人家画山，从来不把山上那许多树都画上去，因为太臃肿，破坏了山的轮廓，尤其是山顶矗立着的小鸡毛帚似的一棵棵的树。可是从窗户里就近看山，那根本就没有轮廓可言了。晴天的早上，对过的屋瓦上淡淡的霜正在溶化，屋顶上压着一大块山，山上无数的树木映着阳光，树根细成一线，细到没有了，只看见那半透明的淡绿叶子，每一株树像一朵淡金的浮萍，涌现于山阴。这是画里没有的。

山顶的曲线有一处微微凹进去，停着一朵小白云。昨天晚上这里有一点亮光，不能确定是灯还是星。真要是有个人家住在山顶上，这白云就是炊烟了。果然是在那里渐渐飘散，仿佛比平常的云彩散得快些。

晴了这些时，今天暖和过份了，也许要下雨了。有一棵树，树梢仿佛在冒烟，其实是一群蜢虫在那里团团转地飞。

元旦那天天气也非常好，只是冷得厉害。我早上爬起来，还当是夜里下了雪，污浊的玻璃窗映着阳光，模模糊糊的，雪白的一片。

下午我因为头痛，一个人出去走走。走出这村庄口上的一座蓬门，就看见亮堂堂的溪水。溪边石级的最下层，有一个妇人一个女孩蹲在那里捣衣洗菜。妇人拿起棒槌来打衣裳，忽然，对岸的山林里发出惊人的咚咚的巨响。我怎么着也不能相信这不过是回声。总好像是那边发生了什么大事——在山高处，树林深处。

近岸的水里浮着两只鹅，两只杏黄的脚在绿水里飘飘然拖在后面，像短的飘带。两只白鹅整个地就像杂志上习见的题花或是书签上的装璜。我不感到兴趣。

冬季水浅，小河的中央杂乱地露出一大堆一大堆的灰色小石块。这不过使我想起上海修马路的情形。

再过去一段路，有窄窄的一条一条的麦田。我是问过了才知道是麦，才看见的时候还当是“一畦春韭绿”的韭菜呢。短短的一丛丛，绿草似的，种在红泥地上。忽然之间，太阳隐了去了，绿草叶上少了那一点闪光，马上就没有眼神了似的。现在只是一幅红红绿绿的幼稚的粉笔画，画在马粪纸上。我小时候就画过不止一张这样的图画。但是那一小丛一小丛碧绿的麦子，我画到后来一定会不耐烦起来，最后一定要把笔乱涂乱涂成为飞舞的交叠的大圆圈，代表丛莽。我就连现在，看到这齐齐整整的一簇簇青苗，也还是要着急，感觉到吃力。

回到宅里来，在洋台上晒晒太阳。有个极大的细篾编的圆匾，直径总有四尺多，倚在阑干上，在斜阳里将它的影子投入硕大的米箩。箩上横担着一扇拆下来的板窗。都是些浑朴的圆形方形，淡米黄的阳光照着，不知为什么有那样一种惨淡的感觉。仿佛象征着最低限度的生活，人生的基本……不能比这个再基本了。

坐在洋台上望下去，天井里在那里磨珍珠米粉。做短工的女人隐身在黑影里，有时候把一只手伸到阳光里来，将磨上的一层珍珠米抹抹平，金黄色泛白的一颗颗，缓缓成了黄沙泻下来。真是沙漠。

八

有一天，闵先生的太太带我去看新娘子。也是在那么个聚族而居的大白房子里。门口的地上晾着一团团的乱草似的淡黄色米粉面条。又有些破烂的衣袴，洗过了便披在石桩上晒着。

走进去，弯弯曲曲，那些狭窄的甬道，分明是户内，却又像是衖堂，讨饭的瞎子可以随意地出出进进，竹竿嘀嘀地敲在地下的石板上，挨户讨酒钱，高声念着："步步好来步步高，太太奶奶做年糕。……"挑着担子叫卖"香油"的也可以一路挑进去。

我们穿过许多院落，来到一座大厅里。中国的厅堂总有一种萧森的气象，像秋天户外的黄昏。幽暗的屋顶，边缘上镶着一只只木雕的深红色大云头。不太粗的青石柱子。比庙宇家常些，寒素些；比庙宇更是中国的。我们去早了，站着没事做，东看西看。原来是文明结婚，正中的墙壁上，在对联旁边贴了一张红纸写的秩序单：——

"一、证婚人入席

一、主婚人入席……"

最后是：

"一、行长辈相见礼，三鞠躬

一、行平辈相见礼，一鞠躬

一、行小辈相见礼，一鞠躬"

代替天然几，上首放着一张长桌子，铺着蓝白格子的桌布。正中搁着个小花瓶。还有一张结婚证书，写在红纸上，也摊在桌上。不磕头不知道为什么地下还是有一块薄薄的红毡，红呢上面画出一个老虎皮。

下首，一边摆两张方桌，围着几张长板凳，有许多小孩子已经坐在那里了。院子里又有个供桌，祭天地的，点了香烛，放着三碗食物。靠这边的一碗，白汪汪的，是一大块豆付，上面钉了许多苍蝇。

贺客都站在厢房门口，笑嘻嘻等候着。内中有一个年青的小学教员，穿着一身黑色西装，天蓝色衬衫，衬衫领子翻在外面；胸前佩着红缎带，上面写着"司仪。"他生得小头小脑，红馥馥的脸，非常风流自赏的样子，在那里取笑今天的新亲家姆，把她推推搡搡的。我只听见他说：“怎么不是！丈母娘看女婿，越看越有趣嘿！”那老太婆把脸涨得通红，两颊是两个光滑的大核。她也笑，可是笑得很吃力。

要放炮竹了，大人连忙叫小孩子把耳朵掩起来。但并不很响，只听见拍的一声，半晌，又炸了一声，只把院子里的几只鸡吓跑了。

证婚人，主婚人，介绍人都入席了。司仪高唱过了“新郎新娘入席，”半天，还不见动静。他向左首黑洞洞的甬道里张望着，又过了半晌，方才走出几个褴褛的小孩，在里面看梳妆的。然后方是一对新人，新郎剃着光头，沉着脸。新娘戴着副眼镜遮着脸，头上扎着粉红绸子，前面折出荷叶边，高高插着绸绢花朵，脑后的粉红绸子披下来有二尺来长。穿着一件赭黄格子布棉袍，是借来的。脚上穿着红绣鞋。她本是他们家的童养媳，平常挑水打柴什么都做的，今天却斯斯文文的，态度很大方。叫鞠躬就鞠躬，叫转身就转身。叫“新郎新娘向外立”的时候，却有一个贺客嫌她立得不对，上前纠正，把她往这边搬搬，往那边扳扳，倒反而使她显得笨手笨脚的。那人是个戴着黑边大眼镜的矮子，趾高气扬的，也穿着西装，戴着一顶肉紫绒线帽。在一个小地方充大人物的，总是那么可恶——简直可杀。

证婚人用印。证婚人是乡长，一个中等身材的中年人，从灰布长袍里掏出图章来。两个主婚人里只有一个有图章，其余的一个没奈何，只得走上去在纸上虚虚地比画了一下。真窘极了。轮到介绍人用印，说过之后也是静悄悄的半天，两人没有一个上去。于是司仪又唱出下一个节目。我真不懂他们为什么预先也没有一个商量。为什么非用印不可呢？想必是因为文明结婚一定要这样，宁可自己坍台。总之，这世界不是他们的。

证婚人演说。那乡长似乎是一个沉默惯的人，面色青黄，语声很低，他说：“……今天，采取的，仪式，既是，合乎，所谓，现代，潮流，而且，又是，简单，而且，大方……现代，所谓，婚姻……”末了说了声“完了。”

主婚人没有演说。司仪刚刚唱出“来宾演说，”那矮子已经矗立在桌子前面，就像是地洞里钻出来的。他在求学时代显然是在学生会里常常发言的，训练有素，当即朗朗说道：“今天是菊生先生和秀珠女士结婚的日期，兄弟只有两个字赠送给他们。哪两个字呢？这两个字就是‘合作。’合作有几种不同的合作。哪几种呢？第一种，是精神上的合作。怎么样是精神上的合作呢？……又有心理上的合作……”滔滔不绝地，但最后，说到“此外还有劳力上的合作，”仿佛有些避讳似的，三言两语便结束了。

司仪倒有半晌说不出话来，定了定神，忙道：“新郎新娘向外立，谢来宾，一鞠躬，”仿佛对大家致歉似的。“行长辈相见礼”时，公推一个老婆婆上去受礼，她推让再三，方才含羞带笑的立在上首，不料新郎新娘就只朝她弯弯腰。她一时弄糊涂了，他们鞠到第三个躬上她竟还起礼来。过后她面色好生不快。（照例叩头应哈腰还礼，∴哈腰，吃亏了）

人群里有一个抱在手里的小孩，大家都逗着他，说他今天穿了新衣裳。玫瑰红的布上印着小白菊花，还是上代的东西，给他改了件棉袍子。抱着他走来走去，屋子里仅有的一点喜气跟着他转。

九

这两天，周围七八十里的人都赶到闵家庄来看社戏。闵家有个亲戚是种田人，年纪已经望六十了，淡蓝布大棉袍上面束着根腰带，一张脸却生得非常秀丽文弱，只是多些皱纹，而且眼睛仿佛快瞎了，老是白瞪瞪，水汪汪的；小瘪嘴，抄下巴，总是茫然微笑着。他谦让了半天，方肯坐到饭桌上，捧着饭碗，假装出吃饭的样子，时而拣两粒米送到口里。闵老太太与少奶奶都在厨房里忙着，因此也没有人应酬他。后来老太太出来了，一看见这情形，连忙掇过一张凳子坐在他背后，殷勤地劝酒让菜，一阵张罗，笑道：“我们到你们家就不像你这样客气。我们到你们那里，又是鱼又是肉，又是点心，你到这里来是什么都没有，不过饭总要吃饱的！”她给他拣菜，他极力撑拒。一个冷不防，她把剩下的半碗炒肉丝全都倒到他碗里去了。他急起来了，气吼吼两手按在桌上站起身来，要大家评理，说道：“这……这叫我怎么吃法？连饭都看不见了嘿！”

他们家又有个朋友来借宿，都叫他孙八哥。一张嘴非常会说，我先还想着也许是因为这个缘故所以叫“八哥，”后来听见人问候“八奶奶，”方才确定他是行八。若要问起当地的木材，蚕桑，茶山，税收，各种行情，民情，孙八哥无不熟悉，然而他还是本本份份的，十分和气。他身材矮小，爆眼睛，短短的脸，头皮剃得青青的。头的式样好像是打扁了的；没有下颏，也仿佛是出于自卫，免得被人一拳打在下巴上致命的。

他讲给闵先生的舅子听“有一次日本兵从潼县下来”的故事。那天他正在家里坐着，他们来了。“……一走就走进来了。领头的一个军官开口就问我：‘你是老百姓啊？’我说：‘是的。’那他又问我：‘你喜欢中国兵呢还是喜欢日本兵？’这一问，我倒不晓得怎样答是好了。我不晓得他到底是中国兵还是日本兵。说的呢也是中国话。”闵先生的舅子便道：“听他们的口音，一听就可以听出来的。”他不知道日本兵的国语与话剧式的国语在乡下人听来同样是官话。孙八哥也并不和他分辩，只把头点了一点，自管自说下去，道：“嗳，听口音又听不出来的。只有一个法子，看他们的靴子可以看得出来。嗳——两样的。不过，不敢看。”他把头微微向后仰着，僵着脖子，做出立正的姿势，又微笑着摇摇头，道：“不敢往底下看。”闵先生的小舅子从此也不屑于插嘴了，只是冷冷地微笑着，由他说下去。他道：“那么我怎么回答的呢？我叹了口气说：‘唉，先生！我们老百姓苦呀！看见兵，不论是中国兵，日本兵，在我们也都是一样的，只想能够太平就好了，大家都好了！’他听了倒是说：‘你这话说得对！’——难末我就晓得他是日本兵了！”

孙八哥说罢，十分得意，闵先生的舅子只是不作声，我在旁边倒很想称赞他几句，想想还是不开口的好。因为他对于女人，虽然是很客气，就连在饭桌上说“慢用”的时候也不朝她们看的。

对门的一家人家叫了个戏班子到家里来，晚上在月光底下开锣演唱起来。不是“的笃班，”是“绍兴大戏。”我睡在床上听着，就像是在那里做佛事——那音调完全像梵唱。一个单音延长到无限，难得换一个音阶。伴奏的笛子发出小小的尖音，疾疾地一上一下，吹的吹，唱的唱，各不相涉。歌者都是十五六岁的男孩子吧？调门又高，又要拖得长，无不声嘶力竭，挣命似的。在大段唱词之后，总有一阵子静默，然后隐隐听见一个人叫道：“老丈请了！”或是：

"末将通名！"不慌不忙地交换了几句套语，然后又静默了下来。笛子又吹起来，一扭一扭，像个小银蛇蜿蜒引路，半晌，才把人引到一个悲伤的心的深处。歌者又唱起来了。搬演的都是些"古来争战"的事迹，但是那声音是这样地苍凉与从容，简直像一个老妇人微带笑容将她身历的水旱刀兵讲给孩子们听。

江南这一带是这音乐的发源地。对过的白房子，在月光中静静地开着两扇大门。月白色的院落上面停着一朵朵淡白的云。晚上从来没有像今天这样的浅色的明亮的蓝天。

大门里忽然走出两个人，黑暗中只看见他们的香烟头上的一点红光。有一个人说："这种戏文有什么好看？一懂也不懂的！"是一个年青人的声音。他们对着墙根站了一会，想必是撒尿。随后又进去了。

十

迟到正月底方才上路。闵先生的太太带着两个孩子也一同去，她娘家就在×城，她自从嫁到闵家庄来就没有回去过。临走那一天早上，我有两双袜子洗了搭在椅背上，也忘了带走。闵老太太特地来提醒我，并道："出门人手脚要快，心要细。一样东西丢了，要用起来就没有了，是不是？"闵老太太这是第一次这样地教训我，大概实在是看不过去了。我听了倒有一种说不出来的感觉——这许多年来一直没有人肯这样地说我了。我陪着笑连声答应着，然而闵老太太向来不等人回答，自管自笑吟吟咕唎嗗碌说上一泡，抽身便走，虽然年纪大，脚又小，却能够眼睛一霎便走得无影无踪。

我想，这也是她的一种遁世的方法。

一大早上路，天气好到极点，蓝天上浮着一层肥皂沫似的白云。沿路一个小山冈子背后也露出一块蓝天，蓝得那么肯定，如果探手在那土冈子背后一掏，一定可以掏出一些什么东西。……山洼子里望下去，是田地，斜条的一道一道，红色的松土，绿的麦秧，四面围着山，中间红红绿绿的这一块，简直是个小花园。

我们坐的轿子是个腰圆形的朱漆木盆，吊在一根扁担上，两个人挑着。闵太太自己抱着一个吃奶的孩子，倒像是母子同睡一个摇篮。一个大些的孩子，叫他和我坐在一起。他无法拒绝，我也无法拒绝。轿夫把他放在我膝下坐着，我还得用腿夹着他，怕他跌下来。他叫宝桢，生得很清秀，可是给他父亲惯的不成样子，动不动就竖起两道淡淡的长眉，发脾气摔东西。我顶不喜欢惯坏的小孩子，他自然也有理由不喜欢我。他平常咭咭呱呱话最多的，现在一连走了十里廿里路，都一声不响，一动也不动，只偶然探头向他母亲的轿子里张张，叫一声“姆妈！”作为无言的抗议。得不到反应，他就又默然低下头去，玩弄我的毡鞋上的兔子毛，偷偷地扯掉两撮子。我只看见他脑后青青的头发根上，凹进去两道沟，两边两只耳朵。他在棉袍上面罩着件赭色碎花布袍，领口里面露出的颈项显得很脆弱。我在我两只膝盖之间可以觉得他的小小的身体，松笼笼地包在棉袍里。我总觉得他是个猫或兔子，然而他是比猫或兔子都聪明的一个人。在这一刹那间，我可以想像母爱这样东西是怎么样的。

闵太太的轿子走在前面，她怀里的孩子睡着了，孩子兜头盖着一条大红绸镶苹果绿荷叶边的小斗篷，闵太太穿着件翠蓝竹布罩袍，她低着头，一缕长头发披在腮上，侧影像个苍白的小姑娘。

她坐在木盆里，头上的扁担两头挂满了轿夫脱下的棉衣，以及他们的小包袱，旱烟袋，成串的粽子。有一件雪青的棉袄搭在扁担上，远看十分触目。整个的轿子摇摇摆摆像一只花船。有时候轿夫把一只竹杖向地下一撑，就站住了稍微休息一下。从那边山头上望过来，简直不晓得他们花红柳绿抬着什么东西。可能是个装嫁妆的抬盒，不过在那荒山野地里，是更像《水浒传》里州官献与太师的“生辰纲。”

那件雪青棉袄，我知道它的主人一定会引以为羞的，因为那颜色男人穿着很特别。果然，后来在一个路亭里歇脚，一个轿夫将笠帽除下来挂在扁担后梢，顺便就向那件棉袄遗憾地瞥了一眼，向同伴们微笑着说道：“这件衣裳难看煞的！我讲穿不出去的，二嫂偏说好穿，说已经替我裁好了……”二嫂也许就是他老婆。他的同伴们只是微笑着不作声，他讪讪的就也住口不说了。

闵先生乘黄包车在后面赶上来，把宝桢抱过去跟他坐，同时把一条湿漉漉的粉红色毛巾递给我，说：“这条毛巾是不是你的？我母亲叫我带来给你。”我真觉得难为情，看闵先生的神气也很尴尬，想必闵老太太总对他说了些什么话了。我的行李另有一个挑夫挑着，不在我身边，一条毛巾无处可放，一路握在手里，冰凉的，就等于小孩子溺湿了裤裆，老是不干老有那么一块冰凉的贴在身上，有那样的一种犯罪的感觉。

路上我们遇见迎神赛会。一小队人，最前面的几个手执铜锣，“嘡！嘡！”一声一声缓缓敲着，黄铜锣正中绘着一个大黑点，那简单的图案不知为什么看着使人心悸。后面有人擎着大旗，神像有四五个，都骑在马上——不过就是乡下小孩子过年玩的竹马，白纸糊的。每一匹马由两个人扛着。神像的构造更妈糊了，只露出一张泥塑的大白脸或朱红脸，头上兜一幅老蓝布作为风帽，身上兜一幅青花土布作为披风，看上去就像是双手挽着马缰，倒是非常生动。内中有一个算是女的，没有三绺长须，白胖的长长的脸，宽厚可亲，头戴青布风帽，身上披着一幅半旧的花洋布褥单，白布上面印着褪色的枣紫小花。人比马要大得多，她的披风一直罩到马腿上。她对于这世界像是对于分了家住出去的儿子媳妇似的，也不去干涉他们，难得出来看看，只是微微笑着，反而倒使人感到一阵心酸。中国的神道就是这样。

再过去，迎面又来了另一个村子里的一列尊神，却是比较富丽的。粉红绸镶边的苹果绿缎子三角旗掩映之下，神像也是遍体绫罗，有的头插雉尾，如同周瑜，太像戏子了，我觉得倒还是这边的印象派的大布娃娃更有人情味。两边的神像会串起来，竟在道旁一块小小的空地上大跑圆场，“哐哐哐哐”打着锣，零零落落地也聚上一些人在旁边看。神像里也有浓抹胭脂的白袍小将，也有皂隶模样的，穿着件对襟密钮紫凤团花紧身黑袄，一手叉腰，一手抡开五指伸出去，好似一班教头在校场上演武，一个个尽态极妍地展览着自己，每一个都是一朵花，生在那黄尘滚滚的中原上。大约自古以来这中国也就是这样的荒凉，总有几个花团锦簇的人物在那里往来驰骋，总有一班人围上个圈子看着——也总是这样的茫然，这样的穷苦。

十一

傍晚我们来到县城里，在闵先生一个朋友家里投宿。那是一个大杂院似的地方，县里的邮政局就设在这里面的东厢房里。这真是一个奇异的院落，一进大门，先拦着一个半西式的照壁，是一堵淤血红的粉墙，轮廓像个波浪形的穹门，边缘上还堆出奶油式的白色云头镶边。院子里走进去，四面抄手游廊，也是淤血红的墙壁，窗台底下的一截却是白的，白粉上面刷出灰色的云烟，充作大理石。真是想入非非。

闵先生把我们的行李送到一间小小的厢房里。房间里漆黑的，一个老妈子拿了一只蜡台来，放在八仙桌上，照见桌上湿腻腻的，仿佛才吃过饭抹过桌子，还有一堆鱼骨头。那老妈子便用油腥气的饭碗泡上茶来。

闵先生嫌这地方不大好，待要住到另一个亲戚家去，行李搬起来又太费事。我自告奋勇单独住在这里看行李，可是我没想到我这一夜是同许多老鼠关在一间房里。老鼠我不是没看见过的，但只是惊鸿一瞥。小时候有一次搬家，佣人正在新房子里悬挂窗帘，突然叫了起来道："这么大的老鼠！喏！喏！"把手一指，我看见窗帘杆上跑掉了一个灰黄色的动物，也没来得及看清楚，只恨自己眼力不济。今天晚上，也还是没看见。蜡烛点完了，床肚底下便"吱吱"叫起来，但是并没有鬼气，分明是生气勃勃的血肉之躯，而且，跟着就"噗隆隆噗隆隆"奔驰起来，满地跑，脚步重得像小狗，简直使人心惊肉跳。这种生活在腐蚀中的小生命，我可以闻见它们身上的气味直扑到人脸上来——这黑洞洞的小房间实在是太小了。

我忽然想起来，床前的一只小橱上还放着宝桢吃剩的两只麻饼——那可恨的宝桢！老鼠为麻饼所引诱，也许真的要跳到我脸上来了！我连忙坐起来，摸黑把那两只麻饼放到八仙桌上，推到最远的一角。又想了一想，把我的一双毡鞋也从地下捞了起来，搁在小橱上。开扇窗户吧，免得老鼠以为这小世界统统是它们的。我跪在床上，把纸糊的窗槅子往一边推过去，顿时露出一片茫茫的水——难道这房子背后是沿河的？黑暗的水面上隐隐传来苍凉的锣声，不知什么戏院在那里唱戏。暗沉沉的无边的水，微凉的腥风柔腻地贴在我脸上。我跪在窗前，怔了一会，又把窗户关了。

现在就希望这床上没有臭虫。是一张旧洋式棕漆大床，铺着印花床单，我把自己的褥单覆在那上面。我没有用他们的枕头。那脏得发黑的白布小枕头，薄薄的，腻软的小枕头，油气氤氲……如果我有一天看见这样的东西就径自把疲倦的头枕在上面，那我是真的满不在乎了，真的沉沦了。

我睡了不到四个钟头，天不亮就起来了。闵先生和闵太太姊弟也都来了，赶早去包了一部小汽车上路。这一带的公路破坏得很厉害，电线杆子都往一边歪着。赤红的乱山里，生着惨绿的草木。高冈上有小兵一连串走着，有的看上去只有十四五岁，背着包袱，背着锅。偶而有一两个老资格的兵士，晃着膀子，无恶不作的样子，可是在这地方也无恶可作。土冈脚下炸出一个个沙发式样的坑穴。疲倦到极点的人也许可以在那里坐坐，靠靠，但是，不行，坐在里面一定非常不舒服，更使人腰酸背痛。

我坐在汽车夫旁边，这车夫是个又黑又瘦的老头子，可是我想他那一张脸很“上镜头，”眉目浓，长睫毛，老是皱着眉头微微笑着。他们这部车子是Buick 牌子，从来不抛锚的。然而，走到半路上，抛锚了。他也只是皱着眉微笑着，说了一句上海最时髦的口头禅：“伤脑筋！”他有一个助手立在外面的踏板上，一个胖墩墩的汉子，也不知为什么他总是气烘烘的，红头涨脸，两眼突出，满腹冤枉的样子。有时候是那“司机”错怪了他。有一次是前面的一部大卡车开得太慢，把路堵住了。他尽管向前面呐喊着，把喉咙都喊哑了，前面车声隆隆，也听不见。后来好容易到了个转弯的地方，那卡车终于良心发现了，让我们先走一步。那助手便向司机道：“我们也开得慢些，给他们吃灰。”司机点点头。助手一只手臂攀住车窗，把身子扭过去往后看着，笑嘻嘻地十分高兴，忽然之间又红着脸大喝一声道：“触那！也给你们吃点灰！”

不尽的风沙滤过我的头发，头发成了涩涩的一块，手都插不进去。

汽车停下来加煤。我急着要解手，煤栈对过有个茅厕，孤伶伶的一个小茅亭，筑在一个小土墩上，正对着大路。亭子前面挂着半截草帘子。中国人的心理，仿佛有这么一个帘子，总算是有防嫌的意思；有这一点心，也就是了。其实这帘子统共就剩下两三根茅草，飘飘的，如同有一个时期流行的非常稀的前溜海。我没办法，看看那木板搭的座子，被尿淋得稀湿的，也没法往上面坐，只能站着。又刚巧碰到经期，冬天的衣服也特别累赘，我把棉袍与衬里的绒线马甲羊毛衫一层层地搂上去，竭力托着，同时手里还拿着别针，棉花，脚踩在摇摇晃晃的两块湿漉漉的砖头上，又怕跌，还得腾出两只手指来勾住亭子上的细篾架子。一汽车的人在那里等着，我又窘，又累，在那茅亭里挣扎了半天，面无人色地走了下来。

汽车行驰不久又抛锚了，许多小孩都围上来看，发现他们可以在光亮的车身上照见自己的影子，他们用咭唎谷碌的土白互相告诉，一个个都挤上来照一照，吃吃地笑了。还有一个男孩，蹲下身去，两手按在膝上，对着里面做鬼脸，大家越发哄堂。这时候车夫正钻在车肚底下修理机器，那助手走了过来，一声吆喝，小孩们把身子挫了一挫，都不见了。然而并没有去远，只跑到公路旁边的土沟子里站着，看这人走开了，就又拥上前来，嘻嘻哈哈对着汽车照镜子，仿佛他们每个人自己都是世界上最滑稽的东西。

在美国新闻记者拍的照片里也看见过这样的圆脸细眼的小孩——是我们的同胞。现在给我亲眼看见了，不由得使我感觉到：真的是我们的同胞么？

有一个女孩子，已经做了母亲了，矮矮的壮实的身材，蛮强的脸，头发剪短了，戴着个大银项圈，穿着件黑地红丝格子布袄。她抱着孩子，站在那里，痴痴地看着汽车，歪着头，让小孩伏在她肩上，安全地躲在她头发窠里。她那小孩打扮得非常华丽，头戴攒珠虎头帽，身穿妃色花缎小马褂，外罩一件三截三色的绒线背心。他们这些人只有给小孩子打扮是舍得花钱的，给孩子们装扮得美丽而不合实际，如同人间一切希望一样地奢侈而美丽。

野地里有一条弯弯曲曲的小道。远远地来了一个老头子，手挽着一只篮子，腰上系着一条打裥的青布围裙，那姿态很有一点姑娘气。他用细碎的步子在那羊肠小道上走着，扭扭捏捏的。他也来看汽车，惊异地微笑着，张着嘴。他的脸是清秀的小长脸。在那里站了半天，看得心满意足，终于不得不走了。他在那蜿蜒的小路上摇摇摆摆走着，仿佛应当有小缕的音乐像蝴蝶似地在他的裙幅间缭绕不绝。走着走着，他忽然转过整个的上身，再向汽车看了一眼，他的面部表情原来一点也没有改变，仍旧是惊异的微笑。然后又走了。走走，又回身看了看汽车——仍旧张着嘴，张大了眼睛微笑着。

汽车老是修不好，车夫把我的座位上的木板打开，拿下面的修理器械。我被撵下车来，便走到前面的一座桥上散步。极大的青石桥，头上的天阴阴地合下来，天色是鸭蛋青，四面的水白漫漫的。下起雨来了，毛毛雨，有一下没一下地舐着这世界。我有一种奇异的感觉,好像是《红楼梦》那样一部大书就要完了的时候，重到“太虚幻境。”我一步步走到桥心，回来看看汽车还在修，只得再往那边走过去。这桥上铺的石板，质地都很坚实，看得出来是古物。石阑干便已经经过修理了，新补上去的部分是灰白色的，看上去粗劣单薄，嵌在那里就像假牙一样。

十二

在一家茶馆里等着上公共汽车，用白磁描金的高高的漱盂喝茶。这家茶馆里也可以吃饭的，我们每人吃了碗面，闵先生看着价目单，笑道:“我们越吃越便宜了！”——好像我们的旅行是一路吃过去的，如同春蚕食叶。

隔壁的一张桌子上有三个流亡学生在那里吃面。内中有一个矮个子的，穿着絮棉花的灰布军装大衣，污旧的黑绒翻领；耳后的头发留得很长的没剪，一脸黄油，阔脸大嘴，鼻孔朝天，小眼珠子滴溜溜地转。他吃完了抹抹嘴，那神气非常老练，可以料想到他给起小账来一定不多不少，使堂倌不会向他道谢，然而也无话可说。

他只管向我们这边桌上打量着，闵先生和他的舅子出去张罗行李去了，他便搭讪着问我们是到哪里去的，闵太太只含糊地答了一声“× 城,”这人自言自语地计算着里程，道:“到 × 城……从这里走是绕了路了！……我们是到 × ×。这回我是兜了个大圈子，从上海跑了来。”他有个同伴问他“上海的电影票现在是什么价钱？”他说:“八百块。你不要说——也要这个价钱的！单是那弹簧椅子就值！你在重庆，在昆明，三十块，四十块看一场电影的也有，那椅子你去坐个几个钟头看！——两样的哟！”他的两个同伴吃完了面，从小藤箱里取出扑克牌，三人玩起牌来。怎么这样地面目可憎呢？我想。学生们一旦革除了少爷习气，在流浪中吃点苦，就会变得像这样？是一个动乱时期的产物吧，这样的青年。他们将来的出路是在中国的地面上么？简直叫人担忧。

茶馆里的老板代办车票，忙出忙进，他是大个子，长脸大嘴，相貌狰狞，向客人们吃力地媚笑着，叫他们放心，一切都在他身上。最后，把客人与他们的行李全都送进公共汽车了，他立在车窗外面等着，收领票钱茶钱面钱赏钱这笔笼统的款子。千钧一发，公共汽车嗡嗡地响着，马上就要开了。他这时候突然沉下脸来，一双小眼睛目光炯炯注视着人家手里，全靠他的意志力来控制着车窗里的客人。这事情真难——人已经在他的势力范围之外了。他一个个地分别向他们报账，收钱，车就要开了，就要开了。……他是比外国的首相更是生活在不断的危局中的，他也不得心脏病或神经衰弱症。

车上来了个漂亮的女郎，长身玉立，俊秀的短短的脸，新烫了一头细碎的鬈发，穿着件苹果绿薄呢短大衣。正因为她不太时髦，倒越发像个月份牌美女，粉白脂红，如花似玉。她拎着个小皮箱，大概总是从城里什么女学校里放假回家，那情形很像是王小逸的小说的第一回。她找了个座位坐下，时而将一方花纱小手帕掩住鼻子，有时候就光是把手帕在鼻子的四周小心地揿两揿。一部“社会奇情香艳长篇”随时就可以开始了。

闵太太很注意她的头发，因为闵太太自己虽然总是咬紧牙关说不要烫，其实也还是在考虑的过程中。见到那女人新烫的头发，有点触目惊心，她低低地叫了闵先生一声道：“阿玉哥！烫了头发难看死了呵？”闵先生当时没说什么，隔了许多日子之后，有一天闵太太和我又提起这公共汽车上的倩女，大家都印象很深。闵先生却批评说：“嘴唇太薄了，也太阔。下巴也太方。”我很诧异地说：“你简直没大朝她看嘤，倒观察得这样仔细，我真是佩服。”闵先生笑道：“不，哪里！我想……大约因为是男人看女人的缘故吧？”

半路上据说有一个地方是有著名的饼的。公共汽车一停下，我们就扒在窗口看，果然有卖点心的，是一种半寸高的大圆盆子饼，比普通北方的烙饼还要大一圈，面皮软软地包着里面的咸菜碎肉。大家抢着买，吃了却说“上当上当！”除了咸之外毫无特点。闵太太掰了半个给怀中抱的小孩子玩，咸菜与肉钉子纷纷滚下来，落到我们膝上。公共汽车继续进行，肌肉“哆哆哆哆”颠动着，渐渐只觉得我们有一个尻骨，尻骨底下有一个铁硬的椅子。

本来已经挤得满坑满谷，又还挤上来一批农夫。原有的乘客都用嗔怪的眼光看着他们，他们也仿佛觉得很抱歉，都陪着笑脸，小心翼翼的。半路上，车厢里的空气突然恶化，看样子一定是他们这一群里有一个人放了屁。可是他们脸上都坦然。他们穿着厚墩墩的淡蓝布棉袍，扎着腰带，一个个都像是他们家里的女人给包扎的大包袱，自己知道里面绝对没有什么违禁品的。但实在臭得厉害。有一个小生意人点起一根香烟抽着，刺鼻的廉价纸烟，我对那一点飘过来的青烟简直感觉到依依不舍。

那些小生意人，学到城里人几分“司麦脱”的派头，穿着灰暗的条子充呢长衫，在香烟的雾里微笑着。他们尽管是本地人，却不是“属于土地”而是属于风尘的。

公共汽车的终点在 ××。到了这里，我们真是“深入内地”了吧？黄包车谷碌碌地在鹅卵石小衖堂里拖着，两边的高墙上露出窄窄的一道淡蓝的天，墙头上也偶然现出两棵桃树的枯枝。我到这地方来就像是回家来了，一切都很熟悉而又生疏，好像这凋敝的家里就只剩下后母与老仆，使人只感觉到惆怅而没有温情。

黄包车夫脚上穿着干干净净的黑布鞋白布袜，身上的棉袄棉裤也穿得齐齐整整的，如同大户人家的家丁。一提起“薛家”都笑嘻嘻地说“认得认得，”马上转弯抹角拉了去。来到薛家，一个丫头接了介绍信进去，等了一会，他们少爷出来了，是一个眯缝眼的小白脸，立在台阶上和闵先生客气了一番，说刚巧他们家小孩出痧子，怕要传染，还是住到县党部里去吧，县党部里他有熟人，绝对没问题的。

黄包车又把我们拉到县党部。这是个石库门房子。一跨进客堂门，迎面就设着一带柜台，柜台上物资堆积如山，木耳，粉丝，笋干，年糕，各自成为一个小丘。这小城，沉浸在那黄色的阳光里，孜孜地“居家过日子，”连政府到了这地方都只够忙着致力于“过日子”了，仿佛第一要紧是支撑这一份门户。一个小贩挑着一担豆付走进门来，大概是每天送来的。便有一个党部职员迎上前去，揭开抹布，露出那精巧的镶荷叶边的豆付，和小贩争多论少，双眉紧锁拿出一只小秤来秤。

柜台里面便是食堂，这房间很大。这时候天已经黑下来了，点起了一盏汽油灯，影影绰绰照着东一张西一张许多朱漆圆桌面。

墙壁上交叉地挂着党国旗，正中挂着总理遗像。那国旗是用大幅的手工纸糊的。将将就就，“青天白日满地红”的青色用紫来代替，大红也改用玫瑰红。灯光之下，娇艳异常，可是就像有一种善打小算盘的主妇的省钱的办法，有时候想入非非，使男人哭笑不得。

我们被安置在楼上临街的两间房里，男东女西，都有簇新的棉被与铺板。放下了行李，洗洗脸，下楼吃饭。菜烧得很入味，另有一只火锅子，说是薛家少爷叫菜馆子里给送来的。我们大家都喃喃地说这人真太客气了。有点恍恍惚惚地，在那妖艳的国旗下吃了一顿饭。

明天就是元宵节。今天晚上街上有舞狮子的，恰巧就在我们楼窗底下，我们伏在窗台上，看得非常清楚。一个卖艺的，手牵着两根线，两只手稍稍一上一下动着，就使那青绿色的狮子在三尺外跳跃着，扑到一只灯火通明的白纸描花亭子里去，追逐一只彩球。那球一弹弹了开去，狮子便也蹦回来了。再接再厉，但一次次总是扑了个空，好似水中捉月一样地无望。大锣大鼓敲着："斤——公——斤——公——"那流丽的舞，看着使人觉得连自己也七窍玲珑起来，连耳朵都会动了。……是中国人全民族的梦。唐宋的时候，外番进贡狮子，装在槛车里送到京城里来，一路上先让百姓们瞻仰到了，于是百姓们给自己制造了更可喜的狮子，更合理想的，每年新春在民间玩球跳舞给他们看，一直到如今。仍旧是五彩辉煌的梦，旧梦重温，往事如潮；街上也围上了一圈人，默默地看着。在那凄清的寒夜里，偶而有欢呼的声音，也像是从远处飘来的。

十三

次日天明起身，薛先生自己没来送行，却把这里的饭钱替我们开销掉了，又给雇好了几辆独轮车。闵先生的舅子一定是觉得只有乡下女人回娘家才乘那种二把手的小车，他穿着一身雄纠纠的青年装，猴在上面太不是样，因此坚持着要另雇一辆黄包车。黄包车不好拉的地方，他宁可跳下来自己走。

闵太太和我合坐一辆独轮车，身上垫着各人自己的棉被，两只脚毕直地伸出去老远，离地只有两三寸，可是永远碰不到那一望无际的苍黄的大地。那旷野里地方那么大，可是独轮车必须弯弯扭扭顺着一条蜿蜒的小道走，那条路也是它们自己磨出来的，仅仅是一道极微茫的白痕。车子一歪一歪用心地走它的路，把人肠子都呕断了，喉咙管痒梭梭地仿佛有个虫要顺着喉管爬到口边来了。闵太太忍不住问车夫："你说到永嘉一共有多少路？"照车夫的算法，总比别人多些，他说："八十里。"闵太太问："现在走了有几里了？"车夫答道："总有五里了。"过了半天她又问："现在走了有多少里了？"车夫估计了一下，说："五里。"闵太太闹了起来道："怎么还是五里？先就说是五里……"车夫不作声了。

闵太太怀中抱着的小孩老是要把一只脚蹬到车轮里去。闵太太得要不停地把他的腿扳回来。他屡次被阻挠，便哭了起来。我说："要不要让他头朝这边睡？或者我同你换一边？"闵太太说："不行，还非得这样不可呢！不然我喂奶不方便，我一只手臂撑不开来。我的钮扣又在这边。"正说着，一个冷不防，小孩已经把脚插到车轮里去了，闵太太来不及地叫车子停下来，早已哭声大作。闵太太竭力替他揉着，不住口地哄着他："看谁来了！快看，看那边王妈来了！王妈，快来抱维桢！”小孩还是哭，她连忙改口道：“呵，呵，呵！不要王妈抱！我们要外婆抱！外婆呢？——咦，这是什么？牛喏！快看——牯牛喏！”路上当真有几只水牛，也并不在那里吃草，只是凝立着，却把人不瞅不睬。那小孩含着晶莹的眼泪与鼻涕，向它们注视着。闵太太便用极柔媚的声调代他自我介绍道：“牛！我是维桢！”我觉得她这句话精彩极了，是一切童话的精髓。

遇到乡下人赶集，挑着担子，两头都是些箩筐，一头装着鸡鸭，一头装着个小孩，想必因为丢他在家里没有人看管，只好带他出来，他两手攀着竹筐的边缘，目光灼灼地望着我们。闵太太向我说：“你看那只羊的肚子！——给它塞了多少东西进去。”那小羊身子底下晃晃荡荡吊着个大石头似的肚子，然而还是跳跳纵纵的，十分愉快，好像上公园里玩似的。棕色的草屑上，朝露还没干。这旷野是很像冬天的公园。

太阳渐渐高了。我没想到冬天的太阳会那么辣。我没带伞，也没有草帽，只得仰起头，索性迎着太阳，希望它晒得匀一些，否则一定要晒成花脸。我闭上眼睛，一只手紧紧地攥住车轮边上的一只木杆，因为坐在上面老是滑溜滑溜地像要掉下来。两只脚虽然离地不到三寸，可是永远是悬空的。四面海阔天空，只有十万八千里外的一个灼热的铜盆大小的太阳是一个确实存在的东西，和我脸对脸，面红耳赤地遥遥相对。

坐久了，闵太太比我更吃力，她还抱着个孩子。看见那边来了个独轮车，车上把箱笼堆得老高的，一个男子抱膝坐在上面，非常舒服的样子，闵太太便道：“我们也应当像那样坐就好了。照那样，我们也要不了这么些车子。”她别过头去向那推着一车行李的车夫说道：“你看人家一辆车子有多么重！你这个多省力——还抱怨！”这车夫年纪只有十八九岁模样，细条条的身子，小长脸，狡黠的黑眼睛，浓眉毛。他的几个同伴都是老实人，只有他，处处抓尖，一会又要换个车子推，一会又要歇歇脚。他听了这话，只笑了笑，撇着闵太太的诸暨口音答道："像那样是推不来的！”闵太太道："那人家怎么推的？”他道："他们那是木轮子，像我们这是橡皮轮子，压得太重了要别掉的！嗨！”正说着，又来了一辆堆积如山的独轮车，经闵太太指出，他们也是和我们一样，在木制的车轮上面配了一圈橡皮。

我一直闭着眼睛，再一睁开眼睛，却已经走上半山里的一带堤岸，下面是冷艳的翠蓝的溪水，银光点点，在太阳底下流着。那种蓝真蓝得异样，只有在风景画片上看得到，我想像只有瑞士的雪山底下有这种蓝色的湖。湖是一大片的，而这是一条宛若游龙的河流。叫“丽水，”这名字取得真对。我自己对于游山玩水这些事是毫无兴趣的，但这地方的风景实在太好了，只要交通便利一点，真可以抢西湖的生意。当然这地方在我们过去的历史与文学上太没有渊源了，缺少引证的乐趣，也许不能吸引游客。这条溪——简直不能想像可以在上面航行。并不是没有船。我也看见几只木排缓缓地顺流而下，撑篙的船夫的形体嵌在碧蓝的水面上，清晰异常。然而木排过去了以后，那无情的流水，它的回忆里又没有人了。那蓝色，中国人的磁器里没有这颜色，中国画里的“青绿山水”的青色比较深,《桃花源记》里的“青溪”又好像比较淡。在中国人的梦里它都不曾入梦来。它便这样冷冷地在中国之外流着。

那滑头的车夫唱唱喓喓地走在我们前面，他穿着短袖汗衫，袴带里掖着一条粉红条子的毛巾，直柳柳的腰肢左右摇摆着。他唱的那种小调，永远只有那么一句，那调子听上去像银链子的一环，像一个 8 字，回环如意。路远山遥，烈日下的歌声明亮而又悲哀。

独轮车在黄土道上走着，紧挨着右首几丈高的淡紫色的岩石，石头缝里生出丛树与长草。连台本戏里常常有这样的一幕布景的，这岩石非常像旧式舞台上的“硬片——”不知道为什么有那样一种不真实的感觉。有一处山石上刻着三个大字，不记得是个什么地名了，反正是更使人觉到这地方的戏剧性，仿佛应当有些打扮得像花蝴蝶似的唱戏的，在这里狭路相逢，一场恶斗，或者是“小团圆，”骨肉巧遇，一同上山落草。

那滑头的车夫这时候又换过来推我们的一辆车。他一个不小心，一只车杠脱了手，独轮车往右一歪，把我抛出去多远。我两只手撑在地上，赶紧爬了起来，扑了扑身上的灰。我觉得我如果发脾气骂人，徒然把自己显得很可笑，而且言语不通，要骂也无从骂起。闵先生夫妇倒着实吃了一惊，闵先生在后面赶上来问：“跌痛了没有？”我只得笑着说：“还好，不痛。”闵先生申斥了那车夫几句，我向闵太太道：“还幸而是我这边，要是往那边跌下去，那可不得了。你还抱着个孩子，掉到水里去怎么办？”闵太太也觉得胆寒，再三告诫车夫，那车夫笑嘻嘻地兀自嘟囔着：“我不过抬起手来擦了擦汗……”闵太太恨道：“他还说他不过擦了擦汗！”因向他大声道：“你就是不可以擦汗的！晓得吗？”

独轮车一步一扭，像个小脚妇人似的，扶墙摸壁在那奇丽的山水之间走了一整天。我对风景本来就没有多大胃口，我想着：“这下子真是看够了，看伤了！”

天快黑的时候，来到一个小县城。进城的时候，可以分明地觉得“人烟”渐渐稠密起来，使人感到亲切。此地的房屋都是黑苍苍的，烂泥堆成的。小屋旁边有猪圈，闵太太对于猪只很是内行，因为她婆家那边是猪肉特别好的地方，举国闻名的。她很感兴趣地观察着，说：“这里的猪倒是肥！房子蹩脚的！”一排小店，都只有一间黑色的烂泥房子，前面完全敞着，里面黑洞洞的，而且湿阴阴的如同雨后。一个皮匠掇只板凳坐在门首借着天光做工，门板上挂着一盏花灯，就在他头上。一朵淡红色的大花，花背后附着一个球形的灯笼壳子，还没点上火。那灯笼太大太累赘了，看上去使人起反感，就像有一种飞蛾，在美丽的双翅之间夹着个大肚子。家家门上都挂着一盏灯，多数是龙灯——龙身的一部分，二尺来长的一段，木强地弯曲着，倒像一撅一撅炸僵了的鳝鱼。闵太太见了便道：“这地方的龙灯太蹩脚了！”她又回过头去甜蜜地微笑着向闵先生叫道：“阿玉哥！今天是元宵节呢！”

今天是元宵，那伛偻着坐在门口做工的，等一会还要去耍龙灯，尽他的公民的责任。如同《仲夏夜之梦》里的希腊市民。真是看不出，这黑眉乌眼的小城倒是个有古风的好地方。

闵先生找到的一家旅馆，倒是堂皇得出人意料之外。是个半洋式的大房子，坐落在水滨。走进去，有一间极大的客室，花砖铺地，屏条字画，天然几，一应俱全。有一桌人在那里吃饭，也不像是客人，也不像是旅馆业的人，七七八八，有老婆子，有喂奶的妇人，穿短打的男人，围着个圆桌坐着，在油灯的光与影里，一个个都像凶神似的，面目狰狞。缺乏了解真是可怕的事，可以使最普通的人变成恶魔。

楼上除了住房之外还有许多奇异的平台，高高下下有好些个，灰绿色水门汀砌的方方的一块，洋台与洋台之间搭着虚活活的踏板。从那平台上望下去，是那灰色的异乡；浑厚的地面，寒烟中还没有几点灯火。

店小二拿着一盏油灯带路，来到我们的房间里。那油灯和江南的大有分别，是一个小小的木筒，上面伸出个黑铁的小尖嘴，嘴里一汪油，浸着两根灯芯。闵太太见了笑道："阿玉哥！他们这种（原稿至此中断）

* 据手稿。

寄读者

我总有这种信任的心——我觉得对于能够了解的读者是什么事都可以解释得清楚的。何况我的情形也很简单，我从来没写过违背良心的文章，没拿过任何津贴，也没出席过所谓“大东亚文学者大会”。我本来没想到我需要辨白。

但是最近一年来似乎被攻击得非常厉害，听到许多很不堪的话，为什么我没有加以更正，一直沉默到现在，这我在“传奇增订本”的序里都说到过，不想再重复，因为这本书不久就要出版了。

这次“传奇增订本”里新加进去八万多字，内容与封面的更动都是费了一番心血在那里筹划着的，不料现在正当快要出版的时候，忽然发现市上有粗制滥造的盗印本。我总得尽我的力量去维护自己的版权，但我最着急的一点，还是怕那些对我的作品感到关切的读者，却去买了那种印刷恶劣，舛误百出，使我痛心的书。

* 初载一九四六年八月二十五日上海《诚报》，未收集。

中国的日夜

去年秋冬之交我天天去买菜。有两趟买菜回来竟作出一首诗，使我自己非常诧异而且快乐。一次是看见路上洋梧桐的落叶，极慢极慢的掉下一片来，那姿势从容得奇怪。我立定了看它，然而等不及它到地我就又往前走了，免得老站在那里像是发呆，走走又回过头去看了个究竟。以后就写了这个：

落叶的爱

大的黄叶子朝下掉；
慢慢的，它经过风，
经过淡青的天，
经过天的刀光，
黄灰楼房的尘梦。
下来到半路上，
看得出它是要
去吻它的影子。
地上它的影子，
迎上来迎上来，
又像是往斜里飘。

叶子尽着慢着，
装出中年的漠然，
但是，一到地，
金焦的手掌
小心覆着个小黑影，
如同捉蟋蟀——
“唔，在这儿了！”
秋阳里的
水门汀地上，
静静睡在一起，
它和它的爱。

又一次我到小菜场去，已经是冬天了。太阳煌煌的，然而空气里有一种清湿的气味，如同晾在竹竿上成阵的衣裳。地下摇摇摆摆走着的两个小孩子，棉袍的花色相仿，一个像碎切腌菜，一个像酱菜，各人都是胸前自小而大一片深暗的油渍，像关公颔下盛囊须的锦囊。又有个抱在手里的小孩，穿着桃红假哔叽的棉袍，那珍贵的颜色在一冬日积累的黑腻污秽里真是双手捧出来的，看了叫人心痛，穿脏了也还是污泥里的莲花。至于蓝布的蓝，那是中国的“国色”。不过街上一般人穿的蓝布衫大都经过补缀，深深浅浅，都像雨洗出来的，青翠醒目。我们中国本来是补钉的国家，连天都是女娲补过的。

一个卖橘子的把担子歇在马路边上，抱着胳膊闲看景致，扁圆脸上的大眼睛黑白分明。但是，忽然——我已经走过他面前了，忽然把脸一扬，绽开极大的嘴，朝天唱将起来：“一百只洋买两只！一百只洋两只买咧！夥颐！一百只洋贱末贱咧！”这歌声我在楼上常常听见的，但还是吓了一跳，不大能够相信就是从他嘴里出来的，因为声音极大，而前一秒钟他还是在那里静静眺望着一切的。现在他仰着头，面如满月，笑嘻嘻张开大口吆喝着。完全像 SAPAJOU 漫画里的中国人。外国人画出的中国人总是乐天的，狡猾可爱的苦哈哈，使人乐于给他骗两个钱去的。那种愉快的空气想起来真叫人伤心。

有个道士沿街化缘，穿一件黄黄的黑布道袍，头顶心梳的一个灰扑扑的小髻，很像摩登女人的两个小鬓叠在一起。黄脸上的细眼睛与头发同时一把拉了上去，也是一个苦命女人的脸相。看不出他有多大年纪，但是因为营养不足，身材又高又瘦，永远是十七八岁抽长条子的模样。他斜斜挥着一个竹筒，“托——托——”敲着，也是一种钟摆，可是计算的是另一种时间，仿佛荒山古庙里的一寸寸斜阳。时间与空间一样，也有它的值钱地段，也有大片的荒芜。不要说“寸金难买”了，多少人想为一口苦饭卖掉一生的光阴还没人要。（连来生也肯卖——那是子孙后裔的前途。）这道士现在带着他们一钱不值的过剩的时间，来到这高速度的大城市里。周围许多缤纷的广告牌、店铺、汽车喇叭嘟嘟响；他是古时候传奇故事里那个做黄粱梦的人，不过他单只睡了一觉起来了，并没有做那么个梦——更有一种惘然。……那道士走到一个五金店门前倒身下拜。当然人家没有钱给他，他也目中无人似的，茫茫的磕了个头就算了。自扒起来，“托——托——”敲着，过渡到隔壁的烟纸店门首，复又“跪倒在地埃尘”，歪垂着一颗头，动作是黑色的淤流，像一朵黑菊花徐徐开了。看着他，好像这世界的尘埃真是越积越深了，非但灰了心，无论什么东西都是一捏就粉粉碎，成了灰。我很觉得震动，再一想，老这么跟在他后面看着，或者要来向我捐钱了——这才三脚两步走开了。

从菜场回来的一个女佣，菜篮里一团银白的粉丝，像个蓬头老妇人的髻。又有个女人很满意地端端正正捧着个朱漆盘子，里面矗立着一堆寿面，巧妙地有层次地摺叠悬挂；顶上的一撮子面用个桃红小纸条一束，如同小女孩子扎的红线把根。淡米色的头发披垂下来，一茎一茎粗得像小蛇。

又有个小女孩拈着个有盖的锅走过，那锅两边两只绊子里穿进一根蓝布条，便于提携，很宽的一条蓝布带子，看着有点脏相，可是更觉得这个锅是同她有切身关系的“心连手，手连心。”

肉店里学徒的一双手已经冻得非常大了，橐橐拿刀斩着肉，猛一看就像在那里斩着红肿的手指。柜台外面来了个女人，是个衰年的娼妓罢，现在是老鸨，或是合伙做生意的娘姨。头发依旧烫得蓬蓬松松掳向耳后，脸上有眉目姣好的遗迹，现在也不疤不麻，不知怎么有点凸凹不平，犹犹疑疑的。她口镶金牙，黑绸卷皮袍起了袖口，袖口的羊皮因为旧的缘故，一丝一丝胶为一瓣一瓣，纷披着如同白色的螃蟹菊。她要买半斤肉，学徒忙着切他的肉丝，也不知他是没听见还是不答理。她脸上现出不确定的笑容，在门外立了一会，翘起两只手，显排她袖口的羊皮，指头上两只金戒指，指甲上斑驳的红蔻丹。

肉店老板娘坐在八仙桌旁边，向一个乡下上来的亲戚宣讲小姑的劣迹。她两手抄在口袋里，太紧的棉袍与蓝布罩袍把她像五花大绑似的绑了起来；她挣扎着，头往前伸，瞪着一双麻黄眼睛，但是在本埠新闻里她还可以是个“略具姿首”的少妇。“噢！阿哥格就是伊个！阿哥屋里就是伊屋里——从前格能讲末哉，现在算啥？”她那口气不是控诉也不是指斥，她眼睛里也并没有那亲戚，只是仇深似海，如同面前展开了一个大海似的，她眼睛里是那样的茫茫的无望。一次一次她提高了喉咙，发声喊，都仿佛是向海里吐口痰，明知无济于事。那亲戚衔着旱烟管，穿短打，一只脚踏在长板凳上；他也这样劝她："格种闲话倒也勿去讲伊……"然而她紧接着还是恨一声："噢！侬阿哥囤两块肉皮侬也搭伊去卖卖脱！"她把下巴举起来向墙上一指；板壁高处，打着几枚钉，现在只有件蓝布围裙挂在那里。

再过去一家店面，无线电里娓娓唱着申曲，也是同样的入情入理有来有去的家常是非。先是个女人在那里发言，然后一个男子高亢流利地接口唱出这一串："想我年纪大来岁数增，三长两短命归阴，抱头送终有啥人？"我真喜欢听，耳朵如鱼得水，在那音乐里栩栩游着。街道转了个弯，突然荒凉起来。迎面一带红墙，红砖上漆出来栲栲大的四个蓝团白字，是一个小学校。校园里高高生长着许多萧条的白色大树，背后的莹白的天，将微欹的树干映成了淡绿的。申曲还在那里唱着，可是词句再也听不清了。我想起在一个唱本上看到的开篇："谯楼初鼓定天下……隐隐谯楼二鼓敲……谯楼三鼓更凄凉……"第一句口气很大，我非常喜欢那壮丽的景象，汉唐一路传下来的中国，万家灯火，在更鼓声中渐渐静了下来。

我拿着个网袋，里面瓶瓶罐罐，两只洋磁盖碗里的豆腐与甜面酱都不能够让它倾侧，一大棵黄芽菜又得侧着点，不给它压碎了底下的鸡蛋；扶着挽着，吃力得很。冬天的阳光虽然微弱，正当午时，而且我路走得多，晒得久了，日光像个黄蜂在头上嗡嗡转，营营扰扰的，竟使人痒刺刺地出了汗。我真快乐我是走在中国的太阳底下。我也喜欢觉得手与脚都是年轻有气力的。而这一切都是连在一起的，不知为什么。快乐的时候，无线电的声音，街上的颜色，仿佛我也都有份；即使忧愁沉淀下去也是中国的泥沙。总之，到底是中国。

回家来，来不及地把菜蔬往厨房里一堆，就坐到书桌前。我从来没有这么快的写出东西来过，所以简直心惊胆战。涂改之后成为这样：

中国的日夜

我的路
走在我自己的国土。
乱纷纷都是自己人；
补了又补，连了又连的，
补钉的彩云的人民。
我的人民，
我的青春，
我真高兴晒着太阳去买回来
沉重累赘的一日三餐。
谯楼初鼓定天下；
安民心，
嘈嘈的烦冤的人声下沉。
沉到底。……
中国，到底。

* 收入一九四六年十一月上海山河图书公司《传奇》增订本。

有几句话同读者说

我自己从来没想到需要辩白，但最近一年来常常被人议论到，似乎被列为文化汉奸之一，自己也弄得莫名其妙。我所写的文章从来没有涉及政治，也没有拿过任何津贴。想想看我惟一的嫌疑要么就是所谓“大东亚文学者大会”第三届曾经叫我参加，报上登出的名单内有我；虽然我写了辞函去，（那封信我还记得，因为很短，仅只是：“承聘为第三届大东亚文学者大会代表，谨辞。张爱玲谨上。”）报上仍旧没有把名字去掉。

至于还有许多无稽的谩骂，甚而涉及我的私生活，可以辩驳之点本来非常多。而且即使有这种事实，也还牵涉不到我是否有汉奸嫌疑的问题；何况私人的事本来用不着向大众剖白，除了对自己家的家长之外仿佛我没有解释的义务。所以一直缄默着。同时我也实在不愿意耗费时间与精神去打笔墨官司，徒然搅乱心思，耽误了正当的工作。但一直这样沉默着，始终没有阐明我的地位，给社会上一个错误的印象，我也觉得是对不起关心我的前途的人。所以在小说集重印的时候写了这样一段作为序。反正只要读者知道了就是了。

《传奇》里面新收进去的五篇，《留情》，《鸿鸾禧》，《红玫瑰与白玫瑰》，《等》，《桂花蒸 阿小悲秋》，初发表的时候有许多草率的地方，实在对读者感到抱歉，这次付印之前大部分都经过增删。还有两篇改也无从改起的，只好不要了。

我不会做诗的，去年冬天却做了两首，自己很喜欢，又怕人家看了说："不知所云"；原想解释一下，写到后来也成了一篇独立的散文。现在我把这篇《中国的日夜》放在这里当作跋，虽然它也并不能够代表这里许多故事的共同的背景，但作为一个传奇末了的"余韵"，似乎还适当。

封面是请炎樱设计的。借用了晚清的一张时装仕女图，画着个女人幽幽地在那里弄骨牌，旁边坐着奶妈，抱着孩子，仿佛是晚饭后家常的一幕。可是栏杆外，很突兀地，有个比例不对的人形，像鬼魂出现似的，那是现代人，非常好奇地孜孜往里窥视。如果这画面有使人感到不安的地方，那也正是我希望造成的气氛。

* 收入一九四六年十一月上海山河图书公司《传奇》增订本。

华丽缘

正月里乡下照例要做戏。这两天大家见面的招呼一律都由“吃饭了没有？”变成了“看戏文去啊？”闵少奶奶陪了我去，路上有个老妇人在渡头洗菜，闵少奶奶笑吟吟的大声问她：“十六婆婆，看戏文去啊？”我立刻担忧起来，怕她回答不出，因为她那样子不像是花得起娱乐费的。她穿着蓝一块白一块的衲袄，蹲在石级的最下层，脸红红的，抬头望着我们含糊地笑着。她的脸型短而凹，脸上是一种风干了的红笑—— 一个小姑娘羞涩的笑容放在烈日底下晒干了的。闵少奶奶一径问着：“去啊？”老妇人便也答道：“去啵！你们去啊？”闵少奶奶便又亲热地催促着：“去啊？去啊？”说话间，我们业已走了过去，度过高高低低的黄土陇，老远就听见祠堂里“哐哐哐哐”锣鼓之声。新搭的芦席棚上贴满了大红招纸，写着许多香艳的人名：“竺丽琴，尹月香，樊桂莲。”而对着隆冬的淡黄田地，那红纸也显得是“寂寞红”，好像击鼓催花，迅即花开花落。

惟其因为是一年到头难得的事，乡下人越发要做出满不在乎的样子。众口一词都说今年这班子蹩脚，表示他们眼界高，看戏的经验丰富。一个个的都带着懒洋洋冷清清的微笑，两手拢在袖子里，惟恐人家当他们是和小孩子们一样的真心喜欢过年。开演前一天大家先去参观剧场，提起那戏班子都摇头。惟有一个负责人员，二三十岁年纪，梳着西式分头，小长脸，酒糟鼻子，学着城里流行的打扮，穿着栗色充呢长袍，颈上围着花格子小围巾，他高高在上骑在个椅子背上，代表官方发言道："今年的班子，行头是好的——班子是普通的班子。可是我说，真要是好的班子，我们榴溪这地方也请不起！是嗷？"虽不是对我说的，我在旁边早已顺带地被折服了，他兀自心平气和地翻来覆去说了七八遍："班子我没看见，不敢说'好'的一个字。行头是好的！班子呢是普通的班子。"

闵少奶奶对于地方戏没什么兴趣，家下人手又缺，她第二天送了我便回去了。这舞台不是完全露天的，只在舞台与客座之间有一小截地方是没有屋顶。台顶的建筑很花俏，中央陷进去像个六角冰纹乳白大碗，每一只角上梗起了棕色陶器粗棱。戏台方方的伸出来，盘金龙的黑漆柱上左右各黏着一份"静"与"特等"的纸条。右边还高挂着一个大自鸣钟。台上自然有张桌子，大红平金桌围。场面上打杂的人便笼手端坐在方桌上首，比京戏里的侍役要威风得多。他穿着一件灰布大棉袍，大个子，灰色的大脸，像一个阴官，肉眼看不见的，可是冥冥中在那里监督着一切。

下午一两点钟起演。这是我第一次看见舞台上有真的太阳，奇异地觉得非常感动。绣着一行行湖色仙鹤的大红平金帐幔，那上面斜照着的阳光，的确是另一个年代的阳光。那绣花帘幔便也发出淡淡的脑油气，没有那些销洋庄的假古董那么干净。我想起上海我们家附近有个卖杂粮的北方铺子。他们的面粉菉豆赤豆，有的装在口袋里，屉子里，玻璃格子里，也有的盛在大磁瓶里，白磁上描着五彩武侠人物，瓶上安着亭亭的一个盖，磁盖上包着老蓝布沿边（不知怎么做上去的），里面还衬着层棉花，使它不透气。衬着这蓝布垫子，这瓶就有了浓厚的人情味。这戏台上布置的想必是个中产的仕宦人家的上房，但是房间里一样还可以放着瓶瓶罐罐，里面装着喂雀子的小米，或是糖莲子。可以想像房间里除了红木家具屏风字画之外还有马桶在床背后。乌沉沉的垂着湘帘，然而还是满房红焰焰的太阳影子。仿佛是一个初夏的上午，在一个兴旺的人家。

一个老生坐在正中的一把椅子上，已经唱了半天了。他对观众负有一种道义上的责任，生平所作所为都要有个交代。我虽听不懂，总疑心他在忠君爱国之外也该说到赚钱养家的话，因为那唱腔十分平实。老生是个阔脸的女孩子所扮，虽然也挂着乌黑的一部大胡须，依旧浓妆艳抹，涂出一张红粉大面。天气虽在隆冬，看那脸色总似乎香汗淫淫。他穿的一件敝旧的大红金补服，完全消失在大红背景里——本来，他不过是小生的父亲，一个凄惨的角色。

他把小生唤出来，吩咐他到姑母家去住一晌，静心读书，衙门里大约过于吵闹。小生的白袍周身绣蓝鹤，行头果然光鲜。他进去打了个转身，又换了件柠檬黄满绣品蓝花鸟的长衣，出门作客，拜见姑母。坐下来，便有人护惜地替他把后襟掀起来，高高搭在椅背上，台下一直可以看见他后身大红袴子的白袴腰与黑隐隐的汗衫。姑侄正在寒暄叙话，小姐上堂来参见母亲，一看见公子有这般美貌，顿时把脸一呆，肩膀一耸，身子向后一缩，由拍板连打了两个噎。然后她笑逐颜开，媚眼水淋淋的一个一个横抛过来；情不自禁似的，把她丰厚的肩膀一抬一抬。得空向他定睛细看时，却又吃惊，又打了两个噎。观众噗嗤噗嗤笑声不绝，都说：“怎这么难看相的？”又道：“怎么这班子里的人一个个的面孔都这么难看？”又批评“腰身哪有这么粗的？”我听了很觉刺耳，不免代她难过，这才明白中国人所谓“抛头露面”是怎么一回事。其实这旦角生得也并不丑，厚敦敦的方圆脸，杏子眼，口鼻稍嫌笨重松懈了些；腮上倒是一对酒涡，粉荷色的面庞像是吹胀了又用指甲轻轻弹上两弹而侥幸不破。头发仿照时行式样,额前堆了几大堆；脸上也为了趋时，胭脂搽得淡淡的。身穿鹅黄对襟衫子，上绣红牡丹，下面却是草草系了一条旧白布裙。和小生的黄袍一比，便给他比下去了。一幕戏里两个主角同时穿黄，似乎是不智的，可是在那大红背景之前，两个人神光离合，一进一退，的确像两条龙似的，又像是端午节闹龙舟。

经老夫人介绍过了，表兄妹竟公然调起情来，一问一答，越挨越近。老夫人插身其间，两手叉腰，歪着头睐着他们，从这个脸上看到那个脸上。便不是宦人，就是乡下的种田人家，也绝没有这样的局面。这老夫人若在京戏里，无论如何对她总有相当的敬意的；绍兴戏却是比较任性的年轻人的看法，很不喜欢她。天晓得，她没有给他们多少阻碍，然而她还是被抹了白鼻子，披着一绺长发如同囚犯，脑后的头发胶成一只尖翘的角，又像个显灵的鬼；穿的一身污旧的大红礼服也和椅帔差不多。

小姐回房，心事很重，坐着唱了一段，然后吩咐丫鬟到书房去问候表少爷。丫鬟猜到了小姐的心事，觉得她在中间传话也担着干系，似乎也感到为难，站在穿堂里也有一段独唱，表明自己的立场。这丫鬟长长的脸，有点凹。是所谓“鞍轿脸”。头发就是便装，后面齐臻臻的剪短了，前面的鬓发里插着几朵红绢花，是内地的文明结婚里女嫔相的打扮。她穿一身石青摹本缎袄裤，系一条湖绿腰带，背后衬托着大红帷幔，显得身段极其伶俐，其实她的背有点驼，胸前勒着小紧身，只见心口头微微坟起一块。她立在舞台的一角，全身都在阴影里，惟有一线阳光从上面射下来，像个惺忪随便的spotlight，不端不正恰恰照在她肚腹上。她一手叉腰，一手翘着兰花手指，点住空中，一句句唱出来。绍兴戏里不论男女老少，一开口都是同一个腔调，在我看来也很应当。如果有个实验性的西方歌剧，背景在十八世纪英国乡村，要是敢一个唱腔到底，一定可以有一种特殊的效果，用来表现那平静狭小的社会，里面“人同此心，心同此理。”说起来莫不头头是道，可是永远是那一套。绍兴戏的社会是中国农村，可是不断的有家里人出去经商，赶考，做官，做师爷，“赚铜板”回来。绍兴戏的歌声永远是一个少妇的声音，江南那一带的女人常有这种样的；白油油的阔面颊，虽有满脸横肉的趋势，人还是老实人；那一双漆黑的小眼睛，略有点蝌蚪式，倒挂着，瞟起人来却又很大胆，手上戴着金戒指金镯子，身上胖胖的像布店里整匹的白布，闻着也有新布的气味。生在从前，尤其在戏文里，她大概很守妇道的，若在现在的上海杭州，她也可以在游艺场里结识个把男朋友，背夫卷逃，报上登出“警告逃妻汤玉珍”的小广告，限她三日内回家。但是无论在什么情形下，她都理直气壮，仿佛放开喉咙就可以唱上这么一段。板扎的拍子，末了拖上个慢悠悠的“嗳——嗳——嗳！”虽是余波，也绝不要弄花巧，照样直着喉咙，唱完为止。那女人的声音，对于心慌意乱的现代人是一粒定心丸，所以现在从都市到农村，处处风行着。那歌声肉哚哚的简直可以用手扪上去。这时代的恐怖，仿佛看一场恐怖电影，观众在黑暗中牢牢握住这女人的手，使自己安心。

而绍兴戏在这个地方演出，因为是它的本乡，仿佛是一个破败的大家庭里，难得有一个发财衣锦荣归的儿子，于欢喜中另有一种凄然。我坐在前排，后面是长板凳，前面却是一张张的太师椅与红木匟床，坐在上面使人受宠若惊。我禁不住时时刻刻要注意到台上的阳光，那巨大的光筒，里面一蓬蓬浮着淡蓝的灰尘——是一种听头装的日光，打开了放射下来，如梦如烟。……我再也说不清楚，戏台上照着点真的太阳，怎么会有这样的一种凄哀。艺术与现实之间有一块地方叠印着，变得恍惚起来；好像拿着根洋火在阳光里燃烧，悠悠忽忽的，看不大见那淡橙黄的火光，但是可以更分明地觉得自己的手，在阳光中也是一件暂时的倏忽的东西……

台上那丫鬟唱了一会，手托茶盘，以分花拂柳的姿势穿房入户，跨过无数的门槛，来到书房里，向表少爷一鞠躬下去，将茶盘高举齐眉。这出戏里她屡次献茶，公子小姐们总现出极度倦怠的脸色，淡淡说一句："罢了。放在台上。"表示不希罕。丫鬟来回奔走了两次，其间想必有许多外交辞令，我听不懂也罢。但见当天晚上公子便潜入绣房。

小姐似乎并没有晓得他要来，且忙着在灯下绣鸳鸯，慢条斯理的先搓起线来，跷起一只腿，把无形的丝线绕在绣花鞋尖，两只手做工繁重。她坐的一张椅子不过是乡下普遍的暗红漆椅子，椅背上的一根横木两头翘起，如同飞檐，倒很有古意。她正坐在太阳里，侧着脸，暴露着一大片浅粉色的腮颔，那柔艳使人想起画锦里的鸭蛋粉，装在描金网纹红纸盒里的。只要身为中国人，大约总想去闻闻她的。她耳朵上戴着个时式的独粒头假金刚钻坠子，时而大大地一亮，那静静的亘古的阳光也像是哽咽了一下。观众此刻是用隐身在黑影里的小生的眼光来偷觑着，爱恋着她的。

她这时候也忽然变得天真可爱起来了，一心一意就只想绣一对鸳鸯送给他。

小生是俊秀的广东式枣核脸，满脸的疙瘩相，倒竖着一字长眉，胭脂几乎把整个的面庞都红遍了。他看上去没那女孩子成熟，可是无论是谁先起意的，这时候他显得十分情急而又慌张。躲在她后面向她左端相，右端相，忍不住笑嘻嘻；待要蹑脚掩上去一把抱住，却又不敢。最后到底鼓起了勇气把两只手在她肩上虚虚的一笼，她早已吓得跳了起来，一看原来是表兄，连忙客气地让座，大方地对谈。古时候中国男女间的社交，没有便罢，难得有的时候，原来也很像样。中国原是个不可测的国度。小生一时被礼貌拘住了，也只得装着好像表兄妹深夜相对是最普通的事。后来渐渐的言不及义起来，两人站在台前，只管把蝴蝶与花与双飞鸟左一比右一比。公子一句话逼过来，小姐又一句话宕开去。观众对于文艺腔的调情不感兴趣，渐渐啧有烦言。公子到万不得已的时候便脸红红的把他领圈里插着的一把摺扇抽出来，含笑在小姐臂上轻轻打一下。小姐慌忙把衫袖上掸两掸，白了他一眼。许久，只是相持不下。

我注意到那绣着“乐怡剧团”横额的三幅大红幔子，正中的一幅不知什么时候已经撤掉了，露出祠堂里原有的陈设；里面黑洞洞的，却供着孙中山遗像；两边挂着“革命尚未成功，同志仍须努力”的对联。那两句话在这意想不到的地方看到，分外眼明。我从来没知道是这样伟大的话。隔着台前的黄龙似的扭着的两个人，我望着那副对联，虽然我是连感慨的资格都没有的，还是一阵心酸，眼泪都要掉下来了。

那布景拆下来原来是用它代表床帐。戏台上打杂的两手执着两边的竹竿，撑开那绣花幔子，在一旁侍候着。但看两人调情到热烈之际，那不怀好意的床帐便涌上前来。看样子又像是不成功了，那张床便又悄然退了下去。我在台下惊讶万分——如果用在现代戏剧里，岂不是最大胆的象征手法。

一唱一和，拖到不能再拖的时候，男人终于动手来拉了。女人便在锣鼓声中绕着台飞跑，一个逃，一个追，花枝招展。观众到此方才精神一振。那女孩子起初似乎是很大胆，事情发展到这地步，却也出她意料之外。她逃命似的，但终于被捉住。她心生一计，叫道："嗳呀，有人来了！"哄他回过头去，把灯一口吹灭了，挣脱身跑到房间外面，一直跑到母亲跟前，急得话也说不出，抖作一团。老夫人偏又糊涂得紧，只是闲闲坐着摇着扇子，问："什么事？"小姐吞吞吐吐半晌，和母亲附耳说了一句隐语，她母亲便用扇子敲了她一下，嗔道："你这丫头！表哥问你要什么东西，还不给他就是了！"把她当个不懂礼貌的小孩子。她走出房门，芳心无主，彷徨了一会；顿时就像个涂脂抹粉穿红着绿的胖孩子。掌灯回到自己房里，表兄却已经不在那里了，她倒是一喜，连忙将灯台放在地下，且去关门，上闩。一道一道都闩上了，表兄原来是躲在房里的，突然跳了出来。她吃了一吓，拍拍胸脯，白了他一眼，但随即一笑接着一笑，不尽的眼波向他流过去。两人重新又站到原来的地位，酬唱起来。在这期间，那张床自又出现了，在左近一耸一耸的只是徘徊不去。

末了，小生并不是用强，而是提出了一宗有力的理由——我非常想晓得是什么理由——小姐还是扬着脸唱着："又好气来又好笑……"经他一席话之后便又愁眉深锁起来，唱道："左又难来右又难……"显然是口气已经松了。不一会，他便挽着她同入罗帐。她背后脖子根上有一块肉肥敦敦的；一绺子细长的假发沿着背脊垂下来，描出一条微驼的黑色曲线。小生只把她的脖子一勾，两人并排，同时把腰一弯，头一低，便钻到帐子里去了。那可笑的一刹那很明显地表示他们是两个女孩子。

老夫人这时候却又醒悟过来，觉得有些蹊跷，独自前来察看。敲敲门，叫“阿囡开门！”小姐颤声叫母亲等一等。老夫人道：“‘母亲’就‘母亲’，怎么你‘母母母母母’的——要谋杀我呀？”小姐不得已开了门放老夫人进来，自己却坚决地向床前一站，扛着肩膀守住帐门，反手抓着帐子。老夫人查问起来，她只说：“看不得的！”老夫人一定要看，她竟和母亲扭打，被母亲推了一跤，她立刻爬起身来，又去死守着帐门；挣扎着，又是一跤掼得老远。母亲揭开帐子，小生在里面顺势一个跌扑，跪在老夫人跟前，衣褶飘起来搭在头上盖住了脸。老夫人叫喊起来道：“吓杀我了！这是什么怪物？”小姐道：“所以我说看不得的呀。”老夫人把他的盖头扯掉，见是自己的内侄，当即大发雷霆。老夫人坐在椅上，小姐便倚在母亲肩膀上撒娇，笑嘻嘻的拉拉扯扯，屡次被母亲甩脱了手。老夫人的生气，也不像是家法森严，而是一个赌气的女人，别过脸去噘着嘴，把人不瞅不睬。后来到底饶了他们，吩咐公子先回书房去读书，婚事以后补办。不料他们立刻又黏缠在一起，笑吟吟对看，对唱，用肘弯互相推一下。老夫人横拦在里面，楞起了眼睛，脸对脸看看这个又看看那个；半晌，方才骂骂咧咧的把他们赶散了。

这一幕乡气到极点。本来，不管说的是什么大户人家的故事，即使是皇宫内院，里面的人还是他们自己人，照样的做粗事，不过穿上了平金绣花的衣裳。我想民间戏剧最可爱的一点正在此；如同唐诗里的“银钏金钗来负水，”——是多么华丽的人生。想必从前是这样，在印度就一直是这样。

戏往下做着：小生带着两个书僮回家去了，不知是不是去告诉父亲央媒人来求亲。路上经过一个庙，进去祝祷，便在庙中“惊艳”，看中了另一个小姐。那小姐才一出场，观众便纷纷赞许道：“这个人末相貌好的！”“还是这个人好一点！”“就只有这一个还……”以后始终不绝口地夸着“相貌好”“相貌好”。我想无论哪个城里女人听到这样的批评总该有点心惊胆战，因为晓得他们的标准，而且是非常狭隘苛刻的，毫无通融的余地。这旦角矮矮的，生着个粉扑脸，樱桃小口，端秀的鼻梁，肿肿的眼泡上轻轻抹了些胭脂。她在四乡演出的时候大约听惯了这样的赞美，因此格外的矜持，如同慈禧太后的轿夫一样稳重缓慢地抬着她的一张脸。她穿着玉色长袄，绣着两丛宝蓝色兰花。小生这时候也换了浅蓝绣花袍子。这一幕又是男女主角同穿着淡蓝，看着就像是灯光一变，幽幽的，是庵堂佛殿的空气了。小姐烧过香，上轿回府。两个书僮磕起了头来，寻不见他家公子；他已经跟到她门上卖身投靠了。——他那表妹将来知道了，作何感想呢？大概她可以用不着担忧的，有朝一日他功成名就，奉旨完婚的时候，自会一路娶过来，决不会漏掉她一个。从前的男人是没有负心的必要的。

小生找了个媒婆介绍他上门。这媒婆一摇一摆，扇着个蒲扇，起初不肯荐他去，因为陌生人不知底细，禁不起他再三央告，毕竟经手把他卖进去了。临走却有许多嘱咐，说：“相公当心！你在此新来乍到，只怕你过不惯这样的日子，诸事务必留心；主人面前千万小心在意，同事之间要和和气气。我过几天再来看你！”那悲悲切切的口吻简直使人诧异——是从前人厚道，连这样的关系里都有亲谊？小生得机会便将他的来意据实告诉一个丫鬟。丫鬟把小姐请出来，转述给她听。他便背剪着手面朝外站着，静等她托以终身。这时候的戏剧性减少到不绝如缕。……

闵少奶奶抱着孩子接我，我一直赖着不走。终于不得不站起身来一同挤出去。我看看这些观众——如此鲜明简单的“淫戏”，而他们坐在那里像个教会学校的恳亲会。真是奇怪，没有传教师的影响，会有这样无色彩的正经而愉快的集团。其中有贫有富，但几乎一律穿着旧蓝布罩袍。在这凋零的地方，但凡有一点东西就显得是恶俗的卖弄，不怪他们对于乡气俗气特别的避讳。有个老太太托人买布，买了件灰黑格子的，隐隐夹着点红丝，老太太便骂了起来道：“把我当小孩子呀？”把颜色归于小孩子，把故事归于戏台上。我忍不住想问：你们自己呢？我晓得他们也常有偷情离异的事件，不见得有农村小说里特别夸张用来调剂沉闷的原始的热情，但也不见得规矩到这个地步。

剧场里有个深目高鼻的黑瘦妇人，架着钢丝眼镜，剪发，留得长长的掳到耳后，穿着深蓝布罩袍——她是从什么地方嫁到这村庄里来的呢？简直不能想像！——她欠起身子，亲热而又大方地和许多男人打招呼，跟着她的儿女称呼他们“林伯伯！”“三新哥！”笑吟吟赶着他们说玩话。那些人无不停下来和她说笑一番，叫她“水根嫂”。男男女女都好得非凡。每人都是几何学上的一个“点”——只有地位，没有长度、宽度与厚度。整个的集会全是一点一点，虚线构成的图画；而我，虽然也和别人一样的在厚棉袍外面罩着蓝布长衫，却是没有地位，只有长度、阔度与厚度的一大块，所以我非常窘，一路跌跌冲冲，踉踉跄跄的走了出去。

一九四七年作，一九八二年修订于美国洛杉矶

* 初载一九四七年四月上海《大家》第一期，收入《余韵》。

太太万岁题记

《太太万岁》是关于一个普通人的太太。上海的弄堂里，一幢房子里就可以有好几个她。

她的气息是我们最熟悉的，如同楼下人家炊烟的气味，淡淡的，午梦一般的，微微有一点窒息；从窗子里一阵阵的透进来，随即有炒菜下锅的沙沙的清而急的流水似的声音。主妇自己大概并不动手做饭，但有时候娘姨忙不过来，她也会坐在客堂里的圆匾面前摘菜或剥辣椒。翠绿的灯笼椒，一切两半，成为耳朵的式样，然后掏出每一瓣里面的籽与丝丝缕缕的棉毛，耐心地，仿佛在给无数的小孩挖耳朵。家里上有老，下有小，然而她还得是一个安于寂寞的人。没有可交谈的人，而她也不见得有什么好朋友。她的顾忌太多了，对人难得有一句真心话。不大出去，但是出去的时候也很像样；穿上"雨衣肩胛"的春大衣，手挽玻璃皮包，粉白脂红地笑着，替丈夫吹嘘，替娘家撑场面，替不及格的小孩子遮盖……

她的生活情形有一种不幸的趋势，使人变成狭窄，小气，庸俗，以至于社会上一般人提起"太太"两个字往往都带着点嘲笑的意味。现代中国对于太太们似乎没有多少期望，除贞操外也很少要求。而有许多不称职的太太也就安然度过一生。那些尽责的太太呢，如同这出戏里的陈思珍，在一个半大不小的家庭里周旋着，处处委屈自己，顾全大局，虽然也煞费苦心，但和旧时代的贤妻良母那种惨酷的牺牲精神比较起来，就成了小巫见大巫了。陈思珍毕竟不是《列女传》上的人物。她比她们少一些圣贤气，英雄气，因此看上去要平易近人得多。然而实在是更不近人情的。没有环境的压力，凭什么她要这样克己呢？这种心理似乎很费解。如果她有任何伟大之点，我想这伟大倒在于她的行为都是自动的，我们不能把她算作一个制度下的牺牲者。

中国女人向来是一结婚立刻由少女变为中年人，跳掉了少妇这一个阶段。陈思珍就已经有中年人的气质了。她最后得到了快乐的结局也并不怎么快乐；所谓“哀乐中年”，大概那意思就是他们的欢乐里面永远夹杂着一丝辛酸，他们的悲哀也不是完全没有安慰的。我非常喜欢“浮世的悲哀”这几个字，但如果是“浮世的悲欢”，那比“浮世的悲哀”其实更可悲，因而有一种苍茫变幻的感觉。

陈思珍用她的处世的技巧使她四周的人们的生活圆滑化，使生命的逝去悄无声息，她运用那些手腕，心机，是否必需的！！她这种做人的态度是否无可疵议呢？这当然还是个问题。在《太太万岁》里，我并没有把陈思珍这个人加以肯定或袒护之意，我只是提出有她这样的一个人就是了。

像思珍这样的女人，会嫁给一个没出息的丈夫，本来也是意中事。她丈夫总是郁郁地感到怀才不遇，一旦时来运来，马上桃花运也来了。当初原来是他太太造成他发财的机会的，他知道之后，自尊心被伤害了，反倒向她大发脾气——这也都是人之常情。观众里面阅历多一些的人，也许不会过分谴责他的罢?

对于观众的心理，说老实话，到现在我还是一点把握都没有，虽然一直在那里探索着。偶然有些发现，也是使人的心情更为惨淡的发现。然而……文艺可以有少数人的文艺，电影这样东西可是不能给二三知己互相传观的。就连在试片室里看，空气都和在戏院里看不同，因为没有广大的观众。有一次我在街上看见三个十四五岁的孩子，马路英雄型的；他们勾肩搭背走着，说："去看电影去。"我想着："啊，是观众吗？"顿时生出几分敬意，同时好像他们陡然离我远了一大截子，我望着他们的后影，很觉得惆怅。

中国观众最难应付的一点并不是低级趣味或是理解力差，而是他们太习惯于传奇。不幸，《太太万岁》里的太太没有一个曲折离奇可歌可泣的身世。她的事迹平淡得像木头的心里涟漪的花纹。无论怎样想方设法给添出戏来，恐怕也仍旧难于弥补这缺陷，在观众的眼光中。但我总觉得，冀图用技巧来代替传奇，逐渐冲淡观众对于传奇戏的无餍的欲望，这一点苦心，应当可以被谅解的罢?

John Gassner 批评 *Our Town* 那出戏，说它"将人性加以肯定——一种简单的人性，只求安静地完成它的生命与恋爱与死亡的循环。"《太太万岁》的题材也属于这一类。戏的进行也应当像日光的移动，濛濛地从房间的这一个角落照到那一个角落简直看不见它动，却又是倏忽的。梅特林克一度提倡过的"静的戏剧"，几乎使戏剧与图画的领域交叠，其实还是在银幕上最有实现的可能。然而我们现在暂时对于这些只能止于向往。例如《太太万岁》就必须弄上许多情节，把几个演员忙得团团转。严格地说来，这本来是不足为训的。然而，正因为如此，我倒觉得它更是中国的。

我喜欢它像我喜欢街头卖的鞋样，白纸剪出的镂空花样，托在玫瑰红的纸上，那些浅显的图案。

出现在《太太万岁》的一些人物，他们所经历的都是些注定了要被遗忘的泪与笑，连自己都要忘怀的。这悠悠的生之负荷，大家分担着，只这一点，就应当使人与人之间感到亲切的罢？“死亡使一切人都平等”，但是为什么要等到死呢？生命本身不也使一切人都平等么？人之一生，所经过的事真正使他们惊心动魄的，不都是差不多的几件事么？为什么偏要那样的重视死亡呢？难道就因为死亡比较具有传奇性——而生活却显得琐碎，平凡？

我这样想着，仿佛忽然有了什么重大的发现似的，于高兴之外又有种凄然的感觉，当时也就知道，一离开那黄昏的阳台我就再也说不明白的。阳台上撑出的半截绿竹帘子，——夏天晒下来，已经和秋草一样的黄了。我在阳台上篦头，也像落叶似的掉头发，一阵阵掉下来，在手臂上披披拂拂，如同夜雨。远远近近有许多汽车喇叭仓皇地叫着；逐渐暗下来的天，四面展开如同烟霞万顷的湖面。对过一幢房子最下层有一个窗洞里冒出一缕淡白的炊烟，非常犹豫地上升，仿佛不大知道天在何方。露水下来了，头发湿了就更涩，越篦越篦不通。赤着脚踝，风吹上来寒飕飕的，我后来就进去了。

＊初载一九四七年十二月三日上海《大公报·戏剧与电影》第五十九期，未收集。

年画风格的太平春

我去看《太平春》，观众是几乎一句一彩。老太太们不时地嘴里“啧啧啧”地说“可怜可怜”。花轿中途掉包，轿门一开，新娘惊喜交集，和她的爱人四目直视，有些女性观众就忍不住轻声催促:“还不快点！”他们逃到小船上，又有个女人喃喃说:“快点划！快点划！”坐在我前面的一个人，大概他平常骂骂咧咧惯了的，看到快心之处，狂笑着连呼“操那娘”！老裁缝最后经过一番内心冲突，把反动派托他保管的财产交了出来，我又听见一个人说：“搞通了！搞通了！”末了一场，老裁缝在城隍庙看社戏喝彩，我从电影院散戏出来，已经走过两条马路了，还听见一个人在那里忘情地学老裁缝大声叫好。又听见一个穿蓝布解放装的人在那里批评:“这样教育性的题材，能够处理得这样风趣，倒是从来没有过的。”

我也从来没有这样感觉到与群众的心情合拍，真痛快极了，完全淹没在头两千人的泪与笑的洪流里。有一场气氛非常柔艳的戏，是小裁缝要写封家信，报告他将要结婚的消息。因为他不识字，这封信是由他的未婚妻代笔的。正在油灯下写信读信，忽然“有吏夜捉人”，砰砰砰敲起门来了，裁缝店的铺板门剧烈地震动着，那半截玻璃上映着的他们俩的惊恐的面影，也跟着动荡。我看到这里，虽然是坐在那样拥挤而炎热的戏院里，只觉得寒森森的一股冷气，从身上一直冷到头皮上。

这一类的恶霸强占民女的题材，本来很普通，它是有无数的民间故事作为背景的。桑弧在《太平春》里采取的手法，也具有一般民间艺术的特色，线条简单化，色调特别鲜明，不是严格的写实主义的，但是仍旧不减于它的真实性与亲切感。那浓厚的小城的空气，轿行门口贴着“文明花轿，新法贳器”的对联……那花轿的行列，以及城隍庙演社戏的沧桑……

我看到《大众电影》上桑弧写的一篇《关于太平春》，里面有这样两句：“我因为受了老解放区某一些优秀的年画的影响，企图在风格上造成一种又拙厚而又鲜艳的统一。”《太平春》确是使人联想到年画，那种大红大绿的画面，与健旺的气息。

我们中国的国画久已和现实脱节了；怎样和实生活取得联系，而仍旧能够保存我们的民族性，这问题好像一直无法解决。现在的年画终于打出一条路来了。年画的风格初次反映到电影上，也是一个划时代的作品。

*初载一九五〇年六月二十三日上海《亦报》，未收集。

亦报的好文章

从前在中学里读书的时候，总是拿着一本纪念册求人写，写来写去总是“祝你前途光明！ ×× 学姊留念。”或者抄上一首英文诗：“在你的回忆之园中，给我插上一棵勿忘我花。”这是最普遍采用的一首，其次便是“工作的时候工作，游戏的时候游戏，……”以下还有两句，记不清了。最叫人扫兴的是那种训诫式的“为学如逆水行舟，不进则退。”

给人写纪念册，也的确是很难下笔的。我觉得在一个刊物的周年纪念的时候写一篇文章，很像在纪念册上题字。不过因为是《亦报》，就像是给一个极熟的朋友写纪念册，却又感到另一种困难，因为感想太多，而只能够写寥寥几个字，反而无从写起来了。

我到店里去买东西，看见店伙伏在柜台上看《亦报》，我马上觉得自己脸上泛起了微笑。又有一次去看医生，生了病去找医生，总是怀着沉重的心情的，但是我一眼瞥见医生的写字台上摊着一份《亦报》，立刻有一种人情味，使我微笑了。一张报纸编得好，远远看见它摊在桌上就觉得眉目清楚，醒目而又悦目。报纸是有时间性的，注定了只有一天的生命，所以它并不要求什么不朽之作，然而《亦报》在过去一年间却有许多文章是我看过一遍就永远不能忘怀的。譬如说十山先生写的有一篇关于一个乡村里的女人，被夫家虐待，她在村里区里县里和法院里转来转去，竟没有一个地方肯接受她的控诉，看了这篇文章，方才觉得“无告”这两个字的意义，真有一种入骨的悲哀。

天天翻开《亦报》，就有机会看到这样的文字，真要谢谢《亦报》。祝它健康。

＊初载一九五〇年七月二十五日《亦报》，未收集。

张爱玲短篇小说集自序

我写的《传奇》与《流言》两种集子，曾经有人在香港印过，那是盗印的。此外我也还见到两本小说，作者的名字和我完全相同，看着觉得很诧异。其实说来惭愧，我写的东西实在是很少。《传奇》出版后，在一九四七年又添上几篇新的，把我所有的短篇小说都收在里面，成为《传奇》增订本。这次出版的，也就是根据那本“增订本”，不过书名和封面都换过了。

内容我自己看看，实在有些惶愧，但是我总认为这些故事本身是值得一写的，可惜被我写坏了。这里的故事，从某一个角度看来，可以说是传奇，其实像这一类的事也多得很。我希望读者看这本书的时候，也说不定会联想到他自己认识的人，或是见到听到的事情。不记得是不是《论语》上有这样两句话：“如得其情，哀矜而勿喜。”这两句话给我的印象很深刻。我们明白了一件事的内情，与一个人内心的曲折，我们也都“哀矜而勿喜”吧。

一九五四年七月于香港

＊收入一九五四年七月香港天风出版社《张爱玲短篇小说集》。

爱默森的生平和著作

一

爱默森（Ralph Waldo Emerson）在一八〇三年生于波士顿，早年是个严肃的青年。他的青春和他的天才一样，都是晚熟的。他的姑母玛丽是一个不平凡的女人，对他有着极深的影响。他日后的成功，一部份可以说归功于她的薰陶。

他自从在哈佛大学读书的时候起，就开始写他那部著名的日记，五十年如一日，记载的大都偏于理论方面。他在一八二九年第一次结婚，只记了短短的一行。两年后他的元配病逝。一八三五年他第二次结婚，也只记了一行。

他大学毕业后，曾经先后从事各种教育和传道方面的工作。三十岁那年，他辞去了波士顿第二教堂的牧师职位。随即到欧洲去旅行，并且会见了卡莱尔（Carlyle）。他发现了卡莱尔的天才，同时卡莱尔也发现了他的天才。这两个人个性完全相反，然而建立了悠久的友谊，在四十年间继续不断地通着信，成为文坛的一段佳话。回国后他在各地巡回演讲。这种生活很艰苦，因为当时的旅行设备相当简陋，而且他也舍不得离开他的家庭。但是他相信这职业是有意义的，所以总算能够持之以恒地继续下去。

他的第一部书《大自然》（*Nature*）在一八三六年出版，此后陆续有著作发表。一八四七年他再度赴欧时，他的散文集已经驰名于大西洋的东西两岸。

二

爱默森的写作生活很长。但是在晚年他尝到美国内战时期的痛苦，内战结束后不久，他就渐渐丧失了记忆力，思想也难于集中了。他在一八八二年逝世，有许多重要的遗作，经过整理后陆续出版。

英国名作家安诺德（Matthew Arnold）曾经说过："在十九世纪，没有任何散文比爱默森的影响更大。"事实上爱默森的作品即使在今日看来，也仍旧没有失去时效，这一点最使我们感到惊异。他有许多见解都适用于当前的政局，或是对我们个人有切身之感。他不是单纯的急进派，更不是单纯的保守主义者；而同时他决不是一个冲淡、中庸、妥协性的人。他有强烈的爱憎，对于现社会的罪恶感到极度愤怒，但是他相信过去是未来的母亲，是未来的基础；要改造必须先了解，而他相信改造应当从个人着手。

他并不希望拥有信徒，因为他的目的并非领导人们走向他，而是领导人们走向他们自己，发现他们自己。他认为每一个人都是伟大的，每一个人都应当自己思想。他不信任团体，因为在团体中，思想是一致的。如果他抱有任何主义的话，那是一种健康的个人主义，以此为基础，更进一层向上发展。

他是一个乐观的人，然而绝对不是一个专事空想的理想主义者。他爱事实——但是必须是“纯粹的事实”。他对于法国名作家蒙田（Montaigne）的喜爱，也是因为那伟大的怀疑者代表他的个性的另一面。

他的警句极多，大都是他的日记中几十年积聚下来的，也有是从他的演讲辞中摘出来的。他的书像珊瑚一样，在海底缓慢地形成。他自己的进展也非常迟缓，经过许多年的暗中摸索。他出身清教徒气息极浓的家庭，先代累世都是牧师，他早年也是讲道的牧师，三十岁后方才改业，成为一个职业演说家，兼事写作。那时候的美国正在成长中，所以他的国家观念非常强烈。然而他并不是一个狭隘的“知识孤立主义者”，他主张充分吸收欧洲文化，然后忘记它；古希腊与印度文化也给予他很大的影响。他的作品不但在他的本土传诵一时，成为美国的自由传统的一部份，而且已经成为世界性的文化遗产，溶入我们不自觉的思想背景中。

三

爱默森的诗名一向为文名所掩，但是他的诗也独创一格，造诣极高。大多数的诗人的作品都需要经过选择，方才显得出它们的长处；爱默森的诗也不例外。但是已经经过甄别了，而且选择起来也毫无困难。爱默森最好的诗，一开始就发出朗澈的歌声：

“我喜欢教堂；我喜欢僧衣；
我喜欢灵魂的先知；
我心里觉得僧寺中的通道
就像悦耳的音乐，或是沉思的微笑；
然而不论他的信仰能给他多大的启迪，
我不愿意做那黑衣的僧侣。”

充满了个性，发出这样清脆的音乐——从这里起，再也没有疑问了。有时候那音乐又回来了，有时候它不再回来了。爱默森仿佛自己不一定知道他是否真的发出音乐。但是读者知道，他常常听到诗歌中独创一格的一种调子，使他感到喜悦。

爱默森的诗中感人最深的一首是他追悼幼子的长诗《悲歌》，那是他在一八四二年失去一个五岁的儿子后挥泪完成的。这一类的诗没有一首胜得过它，尤其是最初的两节。他对那夭折的孩子的感情，是超过了寻常的亲子之爱，由于他对于一切青年的关怀，他对于未来的信念，与无限的希望寄托在下一代身上。明白了这一层，我们可以更深地体验到他的悲恸。

爱默森的种种观念时常在他的诗里重新出现——除非他的诗是那些观念的发源地，那就不应当说“重新出现”——但是那些诗不仅只是观念。例如“为爱牺牲一切”，它表现的题材，采取的一条路线不知比爱默森老多少，与柏拉图一样古老；但是这里的诗句的一种奇异的力量是由于爱默森有一种能力，不但能想到它，也能感到它，而且能将韵节敲到它里面去——

“朋友，亲戚，时日，
名誉，财产，
计划，信用与灵敏——”

句子里带有他自己的一种迫切的感觉，他自己的绝对的信心。我们能记得那观念，是因为那音调。

*收入一九六一年香港今日世界出版社《美国诗选》（林以亮编选）。

梭罗的生平和著作

亨利·大卫·梭罗（Henry David Thoreau）在一八一七年七月十二日生于麻萨诸塞州的康考特（Concord）。康考特是美国文学史上很有名的一个地方，它除了孕育过梭罗这位天才之外，还产生了两位文坛巨人——爱默森和霍桑。梭罗一向颇以自己生得其地、生逢其辰而欣悦。他时常对人说："我只要想到自己既然生在全世界最可敬的地点（康考特亦为美国独立战争爆发之处），而且时间也巧合，就会觉得万分荣幸！"

他生于一个从事手工业的小康之家，子女四人，他排行第三。念完中学后，他考入哈佛大学攻修文科。虽然他天资甚高，而且终日手不释卷，可是在这著名学府中他并不见得如何出人头地，也许那是因为他只潜心钻研自己心爱的读物，对校中课程和分数成绩却漠不关心的缘故。一八三七年毕业，他曾经有一个短时期在一所私立学校里教书，但是为了校方所提倡的体罚制度与他做人的宗旨恰巧背道而驰，他不久就辞职不干了。

一八三九年间，他和他的哥哥约翰作过一次回味无穷的旅行，十年后出版的《康考特与梅里麦河畔一周》（*A Week on the Concord and Merrimack Rivers*）就是记载这次旅行的一本游记。全书分为七章，每章绘述一天的生活——包括天气的变化，情绪的起落，和读书心得等，描写细腻，丝丝入扣，可以说是一本情文并茂的杰作。这时他们兄弟二人同时暗恋着一位名叫爱伦·西华尔（Ellen Sewall）的小姐，而且先后都尝到了失恋的滋味，因此这本书的创作过程中还隐藏着不少痛苦的回忆。

梭罗素性好动，为了追求新鲜的刺激，他不时改变着生活方式。一八四〇年后的那几年，他有时在自己家中帮助他父亲制造铅笔；有时住在爱默森家里做零碎的工作；有时为日晷季刊（*The Dial*）撰稿；有时到各处去讲学，还当过一个时期家庭教师。一八四五年的七月四日，他开始在康考特的华尔腾（Walden）畔的一所木屋中隐居了二十六个月，过着类似鲁滨逊漂流荒岛的生活，这是美国文学史上非常有名的一件事。他这样做，是要证明一项理论：人可以生活得更简单，更从容，不必为着追求物质文明的发达，而丧失了人是万物之灵的崇高地位。他要试验一种返回原始的生活，多和大自然接近，去发展人类的最高天性。不过他虽然隐居于林野之间，仍时常到附近的村庄上去，并在湖滨接见访客，有时也在康考特各处干着他擅长的杂活，例如：测量、做木匠、髹漆房屋、做园丁、筑篱笆等。两年后，他认为试验已经成功，就在一八四七年九月六日离开了华尔腾，尝试另一种新的生活方式。这两年的生活，后来结晶成一八五四年出版的《湖滨散记》（*Walden, or Life in the Woods*）。这书的中心部份是述说超越论的经济论，号召生活的返璞归真；但同时也是研究大自然所得丰富经验的不朽记录，可以说是梭罗的代表作。

梭罗非但爱自然，他也爱自由，因此绝对不能容忍人与人间的某些不公道的束缚——例如当时美国南部的蓄奴制度。当他住在华尔腾期间他就曾因拒绝付税而被捕，那时美国正和墨西哥作战，但他认为这只是美国南部蓄奴区域的地主们的战事，因此拒付国税以示抗议，结果遭受拘捕，在狱中过了一宵。这次坐监的滋味使他不禁联想到个人和国家的关系。他认为政府应该“无为而治”，不可干涉到人民的自由；而当政府施用压力，强迫人民做违反良心的事情的时候，人民应有消极反抗的权利，后来他还写了《消极反抗》（*Civil Disobedience*，一八四九年出版）一书来阐明这一套政治主张。

当约翰·勃朗事件发生时，（注：一八五九年勃朗等突袭维基尼亚州的哈卜斯渡口，企图解放并武装当地的黑奴，引起轩然大波，勃朗终于被判绞刑。）梭罗还以实际行动来积极支持这位思想激烈的“叛徒”。在死刑宣布后，他曾在康考特市会堂发表演说“为约翰·勃朗请愿”。甚至在勃朗死后，由于当地市政府拒绝举行特别追悼会，梭罗还胆敢亲自跑去敲鸣市会堂的大钟，召集民众开会。此外，他也帮助过一个黑奴逃犯，瞒过警方耳目，逃到加拿大（详见梭罗日记—— *Journal*，一八五一年十月一日）。由此可见他不但是一个“追求个人内心和谐”的思想家，还是一个言行一致，敢作敢为的实践者。

梭罗生平极喜欢旅行，他曾三度远足游历缅因森林（Maine Woods），四度游历麻州的科德角（Cape Cod），也常去游新罕姆什州的白岭（White Mountains）和蒙纳德诺克山（Monadnock）等风景区。这些旅行供给他丰富的写作材料，后来收集成册的有《旅行散记》（*Excursions*），《缅因森林》和《科德角》等书。一八六一年间他还不顾肺结核症的缠绕，扶病到明尼苏达州去游历一番。那时他的身体已经非常虚弱，次年五月六日他就病逝于他最心爱的故乡——康考特。

梭罗的著作有三十九卷之多，可是在他的生前只出版过两本，而且是自费。他死后的半个世纪中，一般读者只有把他看作爱默森的一个平庸的及门弟子，一个行为乖张的怪人。一直要到第一次世界大战后他的声誉才逐渐增高。因此，他之获得如今在美国文学史上的崇高地位，还只是近三四十年间的事。

梭罗一向是一个言行一致的人，所以在他生前和死后，大多数人把他看成一位自然主义者或博物学家。他的文名很容易被他的人格所掩盖。一直到近几十年，他被公认为第一流的散文家，并且有他独特的风格。可是梭罗的诗，和他的散文著作相形之下，可以说真正的“生不逢时”。因为梭罗的诗作有好有坏，而且他的朋友们都认为诗歌并非他所长，散文才是他的理想表现工具，劝他不要分心去创作诗歌，不如集中精力去写作散文。这些朋友中包括爱默森在内，而爱默森的忠告对他是极其有份量的。可是谁也没有想到，这些朋友们好意的劝告可能使美国诗坛蒙受相当严重的损失。一直要到一九二五年前后，大家才重新发现梭罗的诗的价值。有不少人认为梭罗的诗并不属于过去，而是属于现在。他的诗有一种大胆的，故意与众不同的独立性格，使他与他同时的那几位模仿传统的公式诗人迥然不同。有一位批评家甚至进一步说：“梭罗，同狄瑾荪一样，是二十世纪诗歌的前驱；从他的作品中可以预先领略到现代诗歌中的大胆的象征手法，深刻的现实主义和一种不甘心于求安定的矛盾心理。”

我们虽然不应该把这种做翻案文章的心理变本加厉，可是我们至少应该指出梭罗的诗作中充满了意象，有一股天然的劲道和不假借人工修饰的美。就好像我们中国古时的文人画家一样，梭罗并不是一个以工笔见胜的画匠，可是他胸怀中自有山水，寥寥几笔，随手画来，便有一种扫清俗气的风度。技术上虽未必完美，可是格调却是高的。又像中国古时的忠臣良将，例如岳飞和文天祥，平日就有一种治国平天下的凌云壮志，根本无意于为文，可是等到机会来临，随意写来，便是千古至文，令人心折。我们至少可以说梭罗的诗比当时人所想像要高明得多，如果他没有接受爱默森的劝告而继续从事诗的创作的话，他可能有很高的成就。不过照诗论诗，那么有很多人一定也会同意爱默森对梭罗的按语："黄金是有了，可是并不是纯金，里面还有渣淀。鲜花是采来了，可是还没有酿成蜜。"

*收入《美国诗选》。

忆胡适之

一九五四年秋，我在香港寄了本《秧歌》给胡适先生，另写了封短信，没留底稿，大致是说希望这本书有点像他评《海上花》的“平淡而近自然。”收到的回信一直郑重收藏，但是这些年来搬家次数太多，终于遗失。幸而朋友代抄过一份，她还保存着，如下：

爱玲女士：

谢谢你十月廿五日的信和你的小说“秧歌”！

请你恕我这许久没给你写信。

你这本秧歌，我仔细看了两遍，我很高兴能看见这本很有文学价值的作品。你自己说的“有一点接近平淡而近自然的境界”，我认为你在这个方面已做到了很成功的地步！这本小说，从头到尾，写的是“饥饿”，——也许你曾想到用“饿”做书名，写得真好，真有“平淡而近自然”的细致功夫。

你写月香回家后的第一顿“稠粥”，已很动人了。后来加上一位从城市来忍不得饿的顾先生，你写他背人偷吃镇上带回来的东西的情形，真使我很佩服。我最佩服你写他出门去丢蛋壳和枣核的一段，和“从来没注意到（小麻饼）吃起来哼嗤哼嗤，响得那么厉害”一段。这几段也许还有人容易欣赏。下面写阿招挨打的一段，我怕读者也许不见得一读就能了解了。

你写人情，也很细致，也能做到“平淡而近自然”的境界。如131—132页写那条棉被，如175,189页写的那件棉袄，都是很成功的。189页写棉袄的一段真写得好，使我很感动。

“平淡而近自然的境界”是很难得一般读者的赏识的。海上花就是一个久被埋没的好例子。你这本小说出版后，得到什么评论？我很想知道一二。

你的英文本，将来我一定特别留意。

中文本可否请你多寄两三本来，我要介绍给一些朋友看看。

书中160页“他爹今年八十了,我都八十一了”,与205页的“六十八喽”相差太远,似是小误。76页“在被窝里点着蜡烛”,似乎也可删。

以上说的话，是一个不曾做文艺创作的人的胡说，请你不要见笑。我读了你十月的信上说的“很久以前我读你写的醒世姻缘与海上花的考证，印象非常深，后来找了这两部小说来看，这些年来，前后不知看了多少遍，自己以为得到不少益处。”——我读了这几句话，又读了你的小说，我真很感觉高兴！如果我提倡这两部小说的效果单止产生了你这一本秧歌，我也应该十分满意了。

你在这本小说之前，还写了些什么书？如方便时，我很想看看。

匆匆敬祝

平安

胡适敬上

一九五五、一、廿五

（旧历元旦后一日）

适之先生的加圈似是两用的，有时候是好句子加圈，有时候是语气加重，像西方文字下面加杠子，讲到加杠子，二〇、三〇年代的标点，起初都是人地名左侧加一行直线，很醒目，不知道后来为什么废除了，我一直惋惜。又不像别国文字可以大写。这封信上仍旧是月香。书名是左侧加一行曲线，后来通用引语号。适之先生用了引语号，后来又忘了，仍用一行曲线。在我看来都是五四那时代的痕迹，“不胜低回”。

我第二封信的底稿也交那位朋友收着，所以侥幸还在：

适之先生：

收到您的信，真高兴到极点，实在是非常大的荣幸。最使我感谢的是您把《秧歌》看得那样仔细。您指出 76 页叙沙明往事那一段可删，确是应当删。那整个的一章是勉强添补出来的。至于为什么要添，那原因说起来很复杂。最初我也就是因为《秧歌》这故事太平淡，不合我国读者的口味——尤其是东南亚的读者——所以发奋要用英文写它。这对于我是加倍的困难，因为以前从来没有用英文写过东西，所以着实下了一番苦功。写完之后，只有现在的三分之二。寄去给代理人，嫌太短，认为这么短的长篇小说没有人肯出版。所以我又添出第一二两章（原文是从第三章月香回乡开始的），叙王同志过去历史的一章，杀猪的一章。最后一章后来也补写过，译成中文的时候没来得及加进去。

160 页谭大娘自称八十一岁，205 页又说她六十八岁，那是因为她向兵士哀告的时候信口胡说，也就像叫化子总是说“家里有八十岁老娘”一样。我应当在书中解释一下的。

您问起这里的批评界对《秧歌》的反应。有过两篇批评，都是由反共方面着眼，对于故事本身并不怎样注意。

我寄了五本《秧歌》来。别的作品我本来不想寄来的，因为实在是坏——绝对不是客气话，实在是坏。但是您既然问起，我还是寄了来，您随便翻翻，看不下去就丢下。一本小说集，是十年前写的，去年在香港再版。散文集《流言》也是以前写的，我这次离开上海的时候很匆促，一本也没带，这是香港的盗印本，印得非常恶劣。还有一本《赤地之恋》，是在《秧歌》以后写的。因为要顾到东南亚一般读者的兴味，自己很不满意。而销路虽然不像《秧歌》那样惨，也并不见得好。我发现迁就的事情往往是这样。

《醒世姻缘》和《海上花》一个写得浓，一个写得淡，但是同样是最好的写实的作品。我常常替它们不平，总觉得它们应当是世界名著。《海上花》虽然不是没有缺陷的，像《红楼梦》没有写完也未始不是一个缺陷。缺陷的性质虽然不同，但无论如何，都不是完整的作品。我一直有一个志愿，希望将来能把《海上花》和《醒世姻缘》译成英文。里面对白的语气非常难译，但是也并不是绝对不能译的。我本来不想在这里提起的，因为您或者会担忧，觉得我把事情看得太容易了，会糟蹋了原著。但是我不过是有这样一个愿望，眼前我还是想多写一点东西。如果有一天我真打算实行的话，一定会先译半回寄了来，让您看行不行。

祝近好

张爱玲

二月廿日

同年十一月，我到纽约不久，就去见适之先生，跟一个锡兰朋友炎樱一同去。那条街上一排白色水泥方块房子，门洞里现出楼梯，完全是港式公寓房子，那天下午晒着太阳，我都有点恍惚起来，仿佛还在香港。上了楼，室内陈设也看着眼熟得很。适之先生穿着长袍子。他太太带点安徽口音，我听着更觉得熟悉。她端丽的圆脸上看得出当年的模样，两手交握着站在当地，态度有点生涩。我想她也许有些地方永远是适之先生的学生，使我立刻想起读到的关于他们是旧式婚姻罕有的幸福的例子。他们俩都很喜欢炎樱，问她是哪里人。她用国语回答，不过她离开上海久了，不大会说了。

喝着玻璃杯里泡着的绿茶，我还没进门就有的时空交叠的感觉更浓了。我看的《胡适文存》是在我父亲窗下的书桌上，与较不像样的书并列。他的《歇浦潮》、《人心大变》、《海外缤纷录》我一本本拖出去看，《胡适文存》则是坐在书桌前看的。《海上花》似乎是我父亲看了胡适的考证去买来的。《醒世姻缘》是我破例要了四块钱去买的。买回来看我弟弟拿着舍不得放手，我又忽然一慷慨，给他先看第一二本，自己从第三本看起，因为读了考证，大致已经有点知道了。好几年后，在港战中当防空员，驻扎在冯平山图书馆，发现有一部《醒世姻缘》，马上得其所哉，一连几天看得抬不起头来。房顶上装着高射炮，成为轰炸目标，一颗颗炸弹轰然落下来，越落越近。我只想着：至少等我看完了吧。

我姑姑有个时期跟我父亲借书看，后来兄妹闹翻了不来往，我父亲有一次忸怩的笑着咕噜了一声："你姑姑有两本书还没还我。"我姑姑也有一次有点不好意思的说："这本《胡适文存》还是他的。"还有一本萧伯纳的《圣女贞德》，德国出版的，她很喜欢那米色的袖珍本，说：“他这套书倒是好。”她和我母亲跟胡适先生同桌打过牌。战后报上登着胡适回国的照片，不记得是下飞机还是下船，笑容满面，笑得像个猫脸的小孩，打着个大圆点的蝴蝶式领结，她看着笑了起来说：“胡适之这样年轻！”

那天我跟炎樱去过以后，炎樱去打听了来，对我说：“喂，你那位胡大博士不大有人知道，没有林语堂出名。”我屡次发现外国人不了解现代中国的时候，往往是因为不知道五四运动的影响。因为五四运动是对内的，对外只限于输入。我觉得不但我们这一代与上一代，就连大陆上的下一代，尽管反胡适的时候许多青年已经不知道在反些什么，我想只要有心理学家荣（Jung）所谓民族回忆这样东西，像五四这样的经验是忘不了的，无论湮没多久也还是在思想背景里。荣与佛洛依德齐名。不免联想到佛洛依德研究出来的，摩西是被以色列人杀死的。事后他们自己讳言，年代久了又倒过来仍旧信奉他。

我后来又去看过胡适先生一次，在书房里坐，整个一道墙上一溜书架，虽然也很简单，似乎是定制的，几乎高齐屋顶，但是没搁书，全是一叠叠的文件夹子，多数乱糟糟露出一截子纸。整理起来需要的时间心力，使我一看见就心悸。

跟适之先生谈，我确是如对神明。较具体的说，是像写东西的时候停下来望着窗外一片空白的天，只想较近真实。适之先生讲起大陆，说“纯粹是军事征服。”我顿了顿没有回答，因为自从一九三几年起看书，就感到左派的压力，虽然本能的起反感，而且像一切潮流一样，我永远是在外面的，但是我知道它的影响不止于像西方的左派只限一九三〇年代。我一默然，适之先生立刻把脸一沉，换了个话题。我只记得自己太不会说话，因而耿耿于心的这两段。他还说:“你要看书可以到哥伦比亚图书馆去,那儿书很多。”我不由得笑了。那时候我虽然经常的到市立图书馆借书,还没有到大图书馆查书的习惯,更不必说观光。适之先生一看,马上就又说到别处去了。

他讲他父亲认识我的祖父,似乎是我祖父帮过他父亲一个小忙。我连这段小故事都不记得,仿佛太荒唐。原因是我们家里从来不提祖父。有时候听我父亲跟客人谈“我们老太爷”,总是牵涉许多人名,不知道当时的政局就跟不上,听不了两句就听不下去了。我看了《孽海花》才感到兴趣起来,一问我父亲,完全否认。后来又听见他跟个亲戚高谈阔论,辩明不可能在签押房撞见东翁的女儿,那首诗也不是她做的。我觉得那不过是细节。过天再问他关于祖父别的事,他悻悻然说:“都在爷爷的集子里,自己去看好了!”我到书房去请老师给我找了出来,搬到饭厅去一个人看。典故既多,人名无数,书信又都是些家常话。几套线装书看得头昏脑胀,也看不出幕后事情。又不好意思去问老师,仿佛喜欢讲家世似的。

祖父死的时候我姑姑还小,什么都不知道,而且微窘的笑着问:“怎么想起来问这些?”因为不应当跟小孩子们讲这些话,不民主。我几下子一碰壁,大概养成了个心理错综,一看到关于祖父的野史就马上记得,一归入正史就毫无印象。

适之先生也提到不久以前在书摊上看到我祖父的全集,没有买。又说正在给《外交》杂志(*Foreign Affairs*)写篇文章,有点不好意思的笑了笑,说:“他们这里都要改的。”我后来想看看《外交》逐期的目录,看有没有登出来,工作忙,也没看。

感恩节那天,我跟炎樱到一个美国女人家里吃饭,人很多,一顿烤鸭子吃到天黑，走出来满街灯火橱窗，新寒暴冷，深灰色的街道特别干净，霓虹灯也特别晶莹可爱，完全像上海。我非常快乐，但是吹了风回去就呕吐。刚巧胡适先生打电话来，约我跟他们吃中国馆子。我告诉他刚吃了回来吐了，他也就算了，本来是因为感恩节，怕我一个人寂寞。其实我哪过什么感恩节。

炎樱有认识的人住过一个职业女子宿舍，我也就搬了去住。是救世军办的，救世军是出名救济贫民的，谁听见了都会骇笑，就连住在那里的女孩子们提起来也都讪讪的嗤笑着。虽有年龄限制，也有几位胖太太，大概与教会有关系的，似乎打算在此终老的了。管事的老姑娘都称中尉少校。餐厅里代斟咖啡的是醉倒在鲍艾里（The Bowery）的流浪汉，她们暂时收容的，都是酒鬼，有个小老头子，蓝眼睛白濛濛的，有气无力靠在咖啡炉上站着。

有一天胡适先生来看我，请他到客厅去坐，里面黑洞洞的，足有个学校礼堂那么大，还有个讲台，台上有钢琴，台下空空落落放着些旧沙发。没什么人，干事们鼓励大家每天去喝下午茶，谁也不肯去。我也是第一次进去，看着只好无可奈何的笑。但是适之先生直赞这地方很好。我心里想，还是我们中国人有涵养。坐了一会出来，他一路四面看着，仍旧满口说好，不像是敷衍话。也许是觉得我没有虚荣心。我当时也没有琢磨出来，只马上想起他写的他在美国的学生时代，有一天晚上去参加复兴会教派篝火晚会的情形。

我送到大门外，在台阶上站着说话。天冷，风大，隔着条街从赫贞江上吹来。适之先生望着街口露出的一角空濛的灰色河面，河上有雾，不知道怎么笑眯眯的老是望着，看怔住了。他围巾裹得严严的，脖子缩在半旧的黑大衣里，厚实的肩背，头脸相当大，整个凝成一座古铜半身像。我忽然一阵凛然，想着：原来是真像人家说的那样。而我向来相信凡是偶像都有“黏土脚”，否则就站不住，不可信。我出来没穿大衣，里面暖气太热，只穿着件大挖领的夏衣，倒也一点都不冷，站久了只觉得风飕飕的。我也跟着向河上望过去微笑着，可是仿佛有一阵悲风，隔着十万八千里从时代的深处吹出来，吹得眼睛都睁不开。那是我最后一次看见适之先生。

我二月里搬到纽英伦去，几年不通消息。一九五八年，我申请到南加州亨亭屯·哈特福基金会去住半年，那是A & P超级市场后裔办的一个艺文作场，是海边山谷里一个魅丽的地方，前年关了门，报上说蚀掉五十万。我写信请适之先生作保，他答应了，顺便把我三四年前送他的那本《秧歌》寄还给我，经他通篇圈点过，又在扉页上题字。我看了实在震动，感激得说不出话来，写都无法写。

写了封短信去道谢后，不记得什么时候读到胡适返台消息。又隔了好些时，看到噩耗，只惘惘的。是因为本来已经是历史上的人物？我当时不过想着，在宴会上演讲后突然逝世，也就是从前所谓无疾而终，是真有福气。以他的为人，也是应当的。

直到去年我想译《海上花》，早几年不但可以请适之先生帮忙介绍，而且我想他会感到高兴的，这才真正觉得适之先生不在了。往往一想起来眼睛背后一阵热，眼泪也流不出来。要不是现在有机会译这本书，根本也不会写这篇东西，因为那种仓皇与恐怖太大了，想都不愿意朝上面想。

译《海上花》最明显的理由似是跳掉吴语的障碍，其实吴语对白也许并不是它不为读者接受最大的原因。亚东版附有几页字典，我最初看这部书的时候完全不懂上海话，并不费力。但是一九三五年的亚东版也像一八九四年的原版一样绝版了。大概还是兴趣关系，太欠传奇化，不 sentimental。英美读者也有他们的偏好，不过他们批评家的影响较大，看书的人多，比较容易遇见识者。十九世纪英国作家乔治·包柔（George Borrow）的小说不大有人知道——我也看不进去——但是迄今美国常常有人讲起来都是乔治·包柔迷，彼此都欣然。

要是告诉他们中国过去在小说上的成就不下于绘画磁器，谁也会露出不相信的神气。要说中国诗，还有点莫测高深。有人说诗是不能译的。小说只有本《红楼梦》是代表作，没有较天真的民间文学成分。《红楼梦》他们大都只看个故事轮廓，大部份是高鹗的，大家庭三角恋爱，也很平常。要给它应得的国际地位，只有把它当作一件残缺的艺术品，去掉后四十回，可能加上原著结局的考证。我十二三岁的时候第一次看，是石印本，看到八十一回“四美钓游鱼”，忽然天日无光，百样无味起来，此后完全是另一个世界。最奇怪的是宝黛见面一场之僵，连他们自己都觉得满不是味。许多年后才知道是别人代续的，可以同情作者之如芒刺在背，找到些藉口，解释他们态度为什么变了，又匆匆结束了那场谈话。等到宝玉疯了就好办了。那时候我怎么着也想不到是另一个人写的，只晓得宁可再翻到前面，看我跳掉的作诗行令部份。

在美国有些人一听见《海上花》是一八九四年出版的，都一怔，说：“这么晚……差不多是新文艺了嘛！”也像买古董一样讲究年份。《海上花》其实是旧小说发展到极端，最典型的一部。作者最自负的结构，倒是与西方小说共同的。特点是极度经济，读着像剧本，只有对白与少量动作。暗写，白描，又都轻描淡写不落痕迹，织成一般人的生活的质地，粗疏，灰扑扑的，许多事“当时浑不觉。”所以题材虽然是八十年前的上海妓家，并无艳异之感，在我所有看过的书里最有日常生活的况味。

胡适先生的考证指出这本书的毛病在中段名士美人大会一笠园。我想作者不光是为了插入他自己得意的诗文酒令，也是表示他也会写大观园似的气象。凡是好的社会小说家——社会小说后来沦为黑幕小说，也许应当照 novel of manners 译为“生活方式小说”——能体会到各阶层的口吻行事微妙的差别，是对这些地方特别敏感，所以有时候阶级观念特深，也就是有点势利。作者对财势滔天的齐韵叟与齐府的清客另眼看待，写得他们处处高人一等，而失了真。

管事的小赞这人物，除了为了插入一首菊花诗，也是像“诗婢”，间接写他家的富贵风流。此外只有第五十三回齐韵叟撞见小赞在园中与人私会，没看清楚是谁。回目上点明是一对情侣，而从此没有下文，只在跋上提起将来“小赞小青挟赀远遁，”才知道是齐韵叟所眷妓女苏冠香的婢女小青。丫头跟来跟去，不过是个名字而已，未免写得太不够。作者用藏闪法，屡次借回目点醒，含蓄都有分寸，扣得极准，这是唯一的失败的例子。我的译本删去几回，这一节也在内，都仍旧照原来的纹路补缀起来。

像赵二宝那样的女孩子太多了，为了贪玩，好胜而堕落。而她仍旧成为一个高级悲剧人物。窝囊的王莲生受尽沈小红的气，终于为了她姘戏子而断了，又不争气，有一个时期还是回到她那里。

而最后飘逸的一笔，还是把这回事提高到恋梦破灭的境界。作者尽管世俗，这种地方他的观点在时代与民族之外，完全是现代的，世界性的，这在旧小说里实在难得。

但是就连自古以来崇尚简略的中国，也还没有像他这样简无可简，跟西方小说的传统刚巧背道而驰。他们向来是解释不厌其详的。《海上花》许多人整天荡来荡去，面目模糊，名字译成英文后，连性别都看不出。才摸熟了倒又换了一批人。我们“三字经”式的名字他们连看几个立刻头晕眼花起来，不比我们自己看着，文字本身在视觉上有色彩。他们又没看惯夹缝文章，有时候简直需要个金圣叹逐句夹评夹注。

中国读者已经摒弃过两次的东西，他们能接受？这件工作我一面做着，不免面对着这些问题，也老是感觉着，适之先生不在了。

＊初载一九六八年二月香港《明报月刊》第二十六期，收入一九七六年三月香港文化·生活出版社《张看》。

谈看书

近年来看的书大部份是纪录体。有个法国女历史学家佩奴德(Regine Pernoud)写的《艾莲娜王后传》——即《冬之狮》影片女主角，离婚再嫁，先后母仪英法二国——里面有这么一句：“事实比虚构的故事有更深沉的戏剧性，向来如此。”这话恐怕有好些人不同意。不过事实有它客观的存在，所以“横看成岭侧成峰”，的确比较耐看，有回味。譬如小时候爱看《聊斋》，连学它的《夜雨秋灯录》等，都看过好几遍，包括《阅微草堂笔记》，尽管《阅微草堂》的冬烘头脑令人发指。多年不见之后，《聊斋》觉得比较纤巧单薄，不想再看，纯粹纪录见闻的《阅微草堂》却看出许多好处来，里面典型十八世纪的道德观，也归之于社会学，本身也有兴趣。纪昀是太平盛世的高官显宦，自然没有《聊斋》的社会意识，有时候有意无意轻描淡写两句，反而收到含蓄的功效，更使异代的读者感到震动。例如农忙的季节，成群到外乡“插青”的农妇，偶尔也卖淫，当地大户人家临时要找个女人，她们公推一个少妇出来，她也“俛首无语”。伙伴间这样公开，回去显然瞒不住，似乎家里也不会有问题，这在中国农村几乎不能想像，不知道是否还是明末兵燹，满清入关后重大破坏的结果。手边无书，可能引错。这又已经六七年了，也说不定都缠夹，“姑妄言之”（纪昀的小标题之一）。

又有三宝四宝的故事：两家邻居相继生下一男一女，取名三宝四宝，从小订了婚，大家嘲笑他们是夫妻，也自视为夫妇。十三四岁的时候逃荒，路上被父母卖到同一个大户人家，看他们的名字以为是兄妹，乡下孩子也不敢多说。内外隔绝，后来四宝收房作妾，三宝抑郁而死。四宝听见这消息，才哭着把他们的关系告诉别的婢媪，说一直还想有这么一天团聚，现在没指望了。长嚎了几声，跳楼死了。转述这件新闻的人下评语说：“异哉此婢，亦贞亦淫，不贞不淫。”惋惜她死得太晚。纪昀总算说他持论太严，不读书的人，能这样也就不容易了。

这里的鬼故事有一则题作《喷水老妇》，非常恐怖：一个人宿店，夜里看见一个肥胖的老妇拿着烫衣服用的小水壶，嘴里含着水喷射，绕着院子疾走。以为是隔壁裁缝店的人，但是她进屋喷水在大炕上睡的人脸上，就都死了。他隔窗窥视，她突然逼近，喷湿了窗纸，他立刻倒地昏迷不醒，第二天被人发现，才讲出这件事。这故事有一种不可思议，而又有真实感，如果不是真事，至少也是个恶梦。但是《阅微草堂》的鬼狐大都说教气息太浓，只有新疆的传说清新浑朴，有第一手叙述的感觉。当地有红柳树，有一尺来高的小人叫红柳娃，衣冠齐整，捉到了，会呦呦作声哀告叩头。放它走，跑了一段路又返身遥遥叩首，屡次这样，直到追不上为止。

最近读到“棉内胡尼”的事，马上想起红柳娃。夏威夷据说有个侏儒的种族，从前占有全部夏威夷群岛，土著称为棉内胡尼（Menehuni）。内中气候最潮湿的柯艾岛——现在的居民最多祖籍日本的菜农——山林中至今还有矮人的遗民，昼伏夜出，沿岸有许多石砌的鱼塘，山谷中又有石砌沟渠小路，都是他们建造的。科学家研究的结果，暂定棉内胡尼确实生存过，不过没有传说中那么小。像爱尔兰神话中的“小人”（little people）与欧洲大陆上的各种小精灵，都只是当地早先的居民，身材较瘦小。棉内胡尼与夏威夷人同种，是最早的一波移民，西历十二世纪又来了一波，自南方侵入，征服了他们。柯艾岛似乎是他们最后的重镇，躲在山上昼伏夜出，有时候被迫替征服者造石阶平台等工程。据说只肯夜间工作，如果天明还没完工，就永远不造成。

后来他们大概绝了种，或者被吸收同化了，但是仍旧有人在山间小路上看见怪异的侏儒，神出鬼没。有个檀香山商人，到这荒山上打猎，夜间听见人语声，是一种古老的夏威夷方言，而他们这一行人始终没看见这山谷里有人烟。檀香山又有个科学家到这岛上收集标本，在山洞里过夜，听见像是钉锤敲打石头的声音，惊醒了在洞口张望，看见小径上有一点灯光明灭。他喊叫着打招呼，灯光立即隐去。第二天早上看见地下补上新石头，显然在修路。以为是私贩酿酒搬运下山，告诉老夏威夷人，却微笑着说：“棉内胡尼只打夜工。”——见夏威夷大学葛罗夫·戴教授（A. Grove Day）编《夏威夷的魅惑》（*The Spell of Hawaii*）散文选。

人种学家瑟格斯(R. G. Suggs)说：“夏威夷的‘棉内胡尼’传说，在南太平洋有些别的岛上也有，其他的太平洋岛屿也有。出自一个共同的神话底层……夏威夷从来没有过漆黑的侏儒。”原来棉内胡尼非常黑，会不会是指菲律宾小黑人？马来亚、安达门群岛、新几内亚、澳洲东北角森林也有小黑人，台湾残存的少数“矮人”想必也是同种。现在零零碎碎剩下不多了，原先却是亚洲最早出现的人种之一，结集处分布很广。戴教授说科学家“暂定”夏威夷有过矮人，大概因为夏威夷从未有过小黑人，所以认为与夏威夷人同种。同种而稍矮，似乎不会给传得这么玄乎其玄。

前面引瑟格斯的话，在他的书《泡丽尼夏的岛屿文化》里面。夏威夷、塔喜堤等群岛统称泡丽尼夏，书中说岛人来自华南、广州海南岛一带。因为汉族在黄河流域势力膨胀，较落后的民族被迫往南搬，造成一串连锁反应，波及到东南亚。考古学发现四千年前华南沿海居民已经有海船，在商朝以前就开始向海外发展。港台掘出的石器陶器，代表当时华南的文化，用石头捶捣树皮作布，也跟夏威夷一样——为求通俗，以下概用夏威夷代表泡丽尼夏——尤其是一种梯级形凿子，柄部一边削掉一块，拿着比较伏手，是夏威夷石凿的特征，起源于华南内陆与沿海，亚洲别处都没有。

夏威夷人相信他们来自西方日落处一个有高山的岛，“夕阳里的故乡夏威基（Hawaiki）”，原来夏威基就是多山的华南越南海岸，也确是在西边。

夏威夷又有大木筏，传说有人驾着七级筏子回夏威基，两层在水底。有的回去了又出来，也有的留在大陆被同化了。这样说来，他们是最早的华侨，三四千年前放洋，先去菲律宾，南下所罗门群岛，也许另有一支沿东南亚海岸到印尼。西汉已经深入南太平洋，东汉从塔喜堤航行三千英里，发现夏威夷，在太平洋心真是沧海一粟，竟没错过，又没有指南针，全靠夜观星象，白天看海水的颜色，云的式样。考古学家掘出从前船上带着猪、鸡、农植物种子，可见是有计画的大规模移民，实在是人类史上稀有的奇迹。同一时代西方中东的航海家紧挨着海岸走，都还当桩大事。

我们且慢认侨胞。语言学家戴安（I. Dyen）根据计算机分析，认为夏威夷人另有发源地，在所罗门群岛东南，纽海不列斯或边克斯群岛，岛人打鱼为生，约在五千年前就在大洋面上航行，往西到印尼、菲律宾、台湾通商，又不知道在东南亚什么地方学到农业，印尼等地都还没有。倒了过来自东而西，推翻了前此一切从亚洲出海东行的理论，——日本人相信他们的祖先来自东方日出处，不知道是否指这批东来的航海者。当地本来已经有土著，但是他们有理由对这一支引以为荣。许多民间传说都像荷马史诗一样在近代证实了。

夏威夷究竟是亚洲出去的还是西太平洋上来的，论争还在进行中，最倾向后一说的较多：先向西发展到东南亚，再向东扩张，商朝中叶的时候发现塔喜堤，是少数人遇见风暴漂流去的，内中有印尼人。他们有计画的移民只限二三百英里之遥，长程的都是飓风吹去或是潮流送去。此外又有秘鲁的印第安人乘筏子漂流到塔喜堤，都混合成为一族。后来发现夏威夷，也是无意中漂流到的，不是像名著小说与影片《夏威夷》中的壮举。——见魏达（A. P. Vayda）编《太平洋的民族与文化》——事实往往就是这样杀风景。

瑟格斯说夏威夷黑侏儒的传说，许多别的岛上都有，“出自一个共同的神话底层”，换句话说，是大家共同的意识下层酝酿出来的神话，也就是所谓“种族的回忆”。南太平洋岛人的潜意识里都还记得几千年前在菲律宾、台湾、马来半岛遇见的小黑人。

夏威夷与塔喜堤语言大同小异，至今塔喜堤人称下层阶级的人为“棉内胡尼”，这名词显然是他们先有，带到夏威夷去的。瑟格斯认为在史前的夏威夷，大概“棉内胡尼”也是指下等人，然后移用在神话中的矮人身上，“是轻侮下层阶级的表示”。

我觉得可能有个较简单的解释：夏威夷人称神话中的矮人为“下等人”，因为矮人曾经被奴役，是下等人。非洲也有小黑人，躲在刚果森林里很少露面，但是对当地的黑人一向臣服。黑人不但体力优越，已经进化到铁器时代农业社会，小黑人打了猎来献上野味，交换香蕉铁器陶器。夏威夷人当初在东南亚，与小黑人也许是类似的情形。夏威夷神话里的矮人只肯做夜工，那是被迫服役，而又像非洲小黑人一样怕羞，胆怯避人，所以乘夜里来砌墙筑路。如果是这样，那么“棉内胡尼”这名词有一个时期兼指小黑人与下层阶级，因为二者是二而一的。塔喜堤人移植夏威夷，失去联络后，语言分别发展，各自保存了“棉内胡尼”两个意义中之一，另一失传。这样似乎也还近情理。

前面引戴教授书上说，棉内胡尼与欧洲民间传说的小精灵一样，不过是比较矮小的较早的居民。现在我们知道棉内胡尼其实不是夏威夷本土的，而是夏威夷人第二故乡的小黑人。欧洲没听说有过小黑人。传说的小人会不会也就是小黑人，也是悠远的种族的回忆中的事，不在欧洲？

欧洲的小精灵里面，有一种小妖叫“勃朗尼”(Brownie——即“褐色的东西”)，人形而极小，是成年男子，脾气好，会秘密帮助人料理家务，往往在夜间，人不知鬼不觉，已经给做好了，与棉内胡尼的行径如出一辙，不过一个在家里当差，一个在户外干活。现代英美有一支女童子军穿褐色制服，叫勃朗尼，顾名思义，是叫她们做主妇的助手。也有男童勃朗尼。又有勃朗尼牌子的廉价摄影机，后来凡是便宜的照相机都叫勃朗尼。美国人常吃一种粗糙的巧克力果仁糕，切小长方块，也叫勃朗尼。谚语“勃朗尼工作”指无报偿的辛勤工作，为人作嫁。儿童故事插图上画勃朗尼总画他们穿着咖啡色的中世纪紧身呢袄，同色裤袜，通身褐色，其实“褐色的东西”指肤色的可能性较大。显然是替白人服役的小黑人——小黑人都是棕色皮肤，不很黑。

欧洲没有小黑人，这是亚洲还是非洲的？威廉·浩伍士（Howells）——著有《人类在形成中》（*Mankind in the Making*）——认为两大洲的小黑人同是非洲黑人变小，亚洲的是从非洲去的，但也承认两处的小黑人并不相像，倒反而是亚洲的比较像非洲黑人。非洲的小黑人头大身小，臂长腿短，不像亚洲的匀称。黑人行多妻制，有时候贪便宜，娶小黑人做老婆，黑女人却没有肯嫁小黑人的，也吃不了刚果森林里生活的苦处。——赛亚国（前刚果）今年二月初征了一千名小黑人入伍当兵，不知道是否吸收同化的先声。

亚洲附近没有真正的黑人，所谓“海洋洲黑人”如所罗门群岛人并不鼻孔朝天、厚嘴唇，头发也不一定是密鬈，也有波浪形或是直头发。亚洲小黑人头发却与非洲大小黑人一样。身量高矮，两千年左右就可以变过来，面貌毛发却不容易改变。浩伍士认为这种特殊的头发，倘是适应环境分别进化，也不会这样完全一样。

他推测非洲小黑人是因为干旱避入森林，适应环境，才缩小的，在林中活动较便。然后沿着“热带森林带”，一直扩展到南亚、东南亚，途中只有阿拉伯是沙漠，史前气候虽然屡经变迁，始终没有过热带森林，小黑人过不去。浩伍士也承认这是个疑问。但是他们缩小的原因并不确定，有人认为是缺乏钙质与碱。（见胡腾—— E. A. Hooton ——著《出身猿猴》*Up from the Apes*）在森林里藏身，是被大一号的人压迫，那是他们的避难地区，起初到处住得，例如柏赛尔（J. Birdsell）等发现小黑人最初到澳洲遍布全大陆，显然并不是必须依附热带森林。

究竟非洲小黑人是否黑人变小，也还是个疑问。根本黑人本身的来源就是个谜。至今没有发现黑人远古的化石骨殖。这可能是因为黑人发源于西非热带森林内，气候湿热，骨骼很难保存。先有黑人还是先有小黑人，像“先有鸡还是先有鸡蛋？”也是个谜。大小黑人并不怎么相像，小黑人比亚洲小黑人还更不黑，也许是世代在森林里晒不到太阳，变白了。肤色灰黄，至多淡褐色，有的眼睛也淡褐色，窄长脸，薄嘴唇，鼻孔不掀，比黑人眉骨高，头圆，胡子多，汗毛重，往往浑身红毛。但是天生老相，脸上颈子上都是极深的皱纹，确是像“老缩了”的人。多数人种学家相信他们另有多毛的个子不矮的祖宗，不是黑人，黑人是后起的种族。中国春秋的时候，波斯人、迦太基人到西非，都说人口稀少，只有小黑人。——见库恩（C. S. Coon）著《人类的故事》（*The Story of Man*）——

四〇年代有个人种学家莫维斯（H. L. Movius）在地图上划了道线，沿着天山，下接喜马拉雅山，到印度洋为止，人称“莫维斯线”；过去一百万年间，直到一万年前最后一个冰河时代结束，这一带地方都没有人类，两千英里的“无人区”，隔离了黄种白种人。只有夏季有个温暖的走廊穿过新疆，可能突破莫维斯线——至少突破过一次，抵达山西，南边也有一次从印度到印尼。但是直到一两万年前冰河解冻，莫维斯线以东可以说没有白人，只有黄种人与澳洲人种——澳洲土人是从东南亚下去的，本来华南也有。——近两年世界女网球单打冠军赛选手伊凤·古莱刚就是澳洲土人，大家也许都看见过照片，是个黑里俏的少女。土人都是波浪形黑头发，肤色苍黑，不像黑人黑得发亮，也有金黄色鬈发，有些人种学家称为早期白种人，体型也相近，毛发特别浓重，像北海道的虾夷。库恩只承认虾夷是白种，来历不清楚，也许是最近一万年内来到东北亚。他将澳洲土人列为另一主要人种，视为最古老的人类，还保留人猿时代有些特点，如多毛，眉骨特高等等。这两派主张其实分别不大，因为另一派认为白人是最古老的人种，澳洲土人又是白人中最古老的一支。库恩也将白人列为一个古老的人种。

他写澳洲人种在东方与黄种人平分秋色，几十万年来边界开放，华南两广是他们的接触区。在与黄种人接触之际或之前，不知道甚么时候，澳洲人种有一部份人变小了，成为海洋洲小黑人，与非洲小黑人不相干。

库恩提出血型、指纹的研究作证。指纹的式样分三种。我们小时候只听见说有“螺”与“簸箕”的分别，螺是圆的，十只手指上，螺越多越好，聚得住钱，但是又说“男人簸箕好，会赚钱，把钱铲回家来。女人螺好，会积钱。”“手上没螺，拿东西不牢。”老是掉在地下砸破了。第三种指纹却没有听见过，叫“穹门形”，几乎全是并行线，近指尖方才微拱，成为一个低塌的穹门。我们没听见说，大概因为少。全世界各种族，穹门形指纹没有超过百分之八的。唯一的例外是非洲小黑人与南非另一种五短身材黄褐皮色的“布史门”人（Bushman），与几个新近与小黑人通婚的黑人部落，穹门形占百分之十至十六。在欧洲、西亚、非洲、印度（限印度教徒），簸箕最多，占百分之五十二至七十五；包括非洲小黑人、布史门人，也包括虾夷。印度人虽黑，也是白种。换句话说：白种人与非洲人簸箕最多。黄种人（包括印第安人）螺较多，最高有百分之五十以上。澳洲土人、海洋洲小黑人螺最多，最低限度也有百分之五十以上。

因此从指纹上看来，海洋洲小黑人与澳洲土人是近亲，而与非洲小黑人毫无关系；凡是非洲人，都与白种人接近。莫维斯线以西，黑白种人显然打成一片，但是内中非洲两种矮人又自成一系。印第安人是一两万年前冰河时代末期从西伯利亚步行到美洲的，黄种成分居多，“红种”这名词已经作废。澳洲土人虽然黑，虽然长相像白种人，却与黑白种人相距最远，倒是黄种人居中。这也符合库恩书上，根据血型多寡排列的一张种族关系表。——书名《现今的种族》（*The Living Races*）。

个人的血型不是像父亲就是像母亲。中国从前判案，当堂滴血测验父子关系，还真有点道理。当然如果像母亲就冤枉了，但是也可能父母同型，而且遗传性是父方的影响更强，所以还是出岔子的可能性不太大。

一个种族内，各种血型多寡的比率，以及指纹、耳蜡——黄种人耳蜡松碎，黑白种人耳蜡油腻，澳洲土人则未经调查——这几种遗传性，不是适应环境养成的，比较固定，用来判别种族比较可靠。但是也有人指出，可能移民年代太久，同族也会分道发展，异族接壤通婚，也会同化。而且血型多寡虽说与适应环境无关，有些血型——例如B型——对于有些流行病抵抗力较强。如果瘟疫流行，A、O血型的人大批死去，这地区B型的比率势必增加，所以血型多寡还是受环境影响。根据血型等等推断种族来源，也不能完全作准，只能供参考。海洋洲小黑人与澳洲人种血型指纹相像，也许是长期杂居的结果。

刚恩（S. M. Garn）——著有《人类的种族》（*Human Races*），认为两大洲小黑人可能是一个来源，也可能不是，“但是至少可以说：大概有个共同的原籍在太平洋岸”——指东亚沿海。

胡腾相信澳洲土人是早期白种人搀入小黑人血液，现代人里面最与虾夷相近。虾夷从前可能横跨亚洲，蔓延到欧洲俄国西部都有。俄国农民大概虾夷的成分很大。

胡腾把小黑人分作“婴儿型”与“成人型”（也就是老相）两种。据他说，刚果森林里两种都有，新几内亚内地山上也两种都有，马来半岛大概也都有。菲律宾、安达门群岛只有“婴儿型”，稍微高些、黑些，黑眼睛，体毛胡须不多，但是比黑人多毛。“婴儿型”大概后起。非洲与海洋洲都是两种都有。他认为两大洲小黑人同源，发源地应当是一个中间区域——亚洲。亚洲别的种族比他们高大健壮，又比他们进化，把他们排挤到边远地区，分投东西两端，到他们现在的居留地。小黑人的祖先并不矮，是最初还不分种族的人，比较接近早期白种人。多数人种学家相信非洲小黑人的祖先是普通身材、多毛的“非黑人”，也跟胡腾心目中的一切小黑人的祖宗相差不远。“非黑人”也“非黄种”，因为黄种人不多毛，而早期白种人比现在还更是“老毛子”。

胡腾分析印第安人的血统，叙述他们在一两万年前远足赴美的时候，黄种人、“澳、虾”早期白人、现代型白人，与刚果变小的小黑人都在东亚“转来转去”。不论小黑人变小是在亚洲哪一部份，从东亚去非洲，从西亚或南亚到东亚，新疆都是必经之地，应当有过小黑人。“红柳娃”就是躲在红柳树林里的小黑人，当然没有后来传说的那么小，而且非常原始，不穿衣服，不会衣冠楚楚。把他们打扮成华丽的玩偶，这是新疆人的幻想加上去的唯一的装点。

关内就没有小人的传说。笔记里偶然有狐仙幻化小人的故事，但是那又是一回事。——原因可能是黄种人里的汉族始终与小黑人隔离，汉族扩展后，小黑人已经分投深山密林海岛藏匿，东亚大陆上与小黑人共处过的，走的走了，留下的沉没在汉文化里，失落了种族的回忆。

新疆与俄属中亚同是西域，直到一千年前还通行印欧系语言，大概是波斯话。印欧系语言最初传入欧洲，是三四千年前从俄国南部带到英伦三岛，称为早期赛尔梯克（Celtic）语言，大概是德国人带去的。同时也带到法国西班牙，后来罗马兴起，才被拉丁文取代。欧洲神话里的小人似乎在爱尔兰、威尔斯这两个塞尔梯克国度传说最盛，德国次之。显然这民间传说是跟着第一波印欧语言西来，在拉丁国家就没扎下根。英国本身被脑曼人征服过，多少有点拉丁化，对这些小精灵不太认真。荷兰邻近德国，也有地仙式的矮人的传说，殖民美洲的时候带到北美，写进华盛顿·欧文的《李伯大梦》小说。格林童话《白雪公主与七矮人》里面的，也同是与实生活里的侏儒一样大，头大身小，发育不均，显然就是胡腾所谓“成人型”小黑人,是原有的一种——“婴儿型”后起。神话中的矮人当是传说初期，还是小黑人的原形，后来逐渐加油加酱,种类繁复,如褐衣小人“勃朗尼”只有尺来高,都是浑身匀称。

字典上“勃朗尼”归入小仙人（fairy）类，都是人形而较小，也大小不一。小仙人有翅膀会飞。非洲小黑人能像猴子似的在树梢飞跃，“会飞”大概是从这上面来的，所以不像天使的翅膀有羽毛，而是蝉翼式，透明，似有若无。大仙人大都是美貌的成年人，也有男有女，有好有坏，最小的只有两三寸高，但是多数有“三尺之童”那样——小黑人身长四呎以上。我觉得这一点最有兴趣，因为凡是臆造的小人国，小人总是至多一两尺高，决不会只比我们矮那么一截子。其实比例稍微改变一点，会有一种超现实的怪异感。专凭幻想就是想不到。这一点，西方电影戏剧也从来没有表达出来，总是用小女孩演小仙人，连灰姑娘的教母也没扮出成年妇女的模样，再不然就是普通女演员，穿上有翅膀的小仙人服装，显得狼犺笨重。近代由于影剧的影响，已经渐渐忘了小仙人比人小。

另有一种穿绿的小人叫“艾尔夫”(Elf)，大都在山区——海洋洲的小黑人也是大都在多山的地方——爱捉弄人，所以渐渐给说成顽童，本来似乎多数是青壮年，在草丛中出没，运气好的人遇见他们，碰他们的高兴，有时候会发现一小罐金子。圣诞老人有许多艾尔夫帮他制造玩具，分赠全世界儿童，这是近人附会。艾尔夫似乎不事生产，代表不驯服的小黑人，对人好起来非常好，但是喜欢恶作剧，容易翻脸。绿衣似是象征性，住在树林里的原始人都善于隐蔽自己，往往对面不见人，所以在传说中变成穿着保护色的衣服，像侠盗罗宾汉麾下的“绿色人”。

又有一种丑陋的老头子叫“诺姆”(Gnome)，住在地洞里守矿或看管宝藏，像守库神一样，会吓唬人，使可怕的事故发生。也像一群艾尔夫看守一罐子金子，窖藏的主题屡次出现，使人联想到太平天国的藏镪、北非维希政府埋藏的金条，都是战败国藏匿资金的传说，引起无数掘宝的故事。显然原始人在土地被占领后，转入地下，也有他们珍视的东西埋在地里。至于矿藏所在地，古代部落本来都秘不告人，沦陷后也许仍旧暗中守护，吓退开矿的人，或者暗加阻挠。也不一定是老头子出马，也就是天生老相的小黑人。

现代有个英文名词：“祖利克的诺姆”，指瑞士银行家——祖利克这城市是瑞士金融中心——为了吸收资金，特创隐名存户制度，代守秘密，在国际金融界特别具有神秘色彩，像看守窖藏的地底小老妖。

还有一种隐形的叫“格软木林”(Gremlin)，调皮淘气，与这些小老头子同属妖魔类，都对人类不怀好意。韦布斯特字典上说：

“二次世界大战，有些飞行员说有格软木林作祟，使飞机发生故障。”二十世纪中叶的空军还相信这些，真是奇谈，也可见这传说实在源久流长。

格软木林这名词有时候也活用，例如本年一月初美国《新闻周刊》上，华盛顿“议会雇员格软木林们”选出十大邋遢议员，衣着最不整洁，不入时。称议会雇员为格软木林，因为是议员各自雇用的幕僚与职员，没没无闻，做幕后工作，永不出头露面，等于隐形小妖。

汽车也有个新出的牌子叫格软木林，号称“成本最低的美国制汽车”，表示坦白，成本低当然廉价。取这名字是极言其小而神出鬼没。原先的格软木林当是小黑人被淘汰后剩下极少数遗民，偶尔下山偷袭，做破坏工作，事后使人疑神疑鬼。

至今英美儿童还买来玩的有一种小型烟火，叫“仙光”(fairy lights)，一尺多长的一根木签握在手里，另一端不断地爆出蓝色火星。大概算是小仙人作法的魔杖，但是最初可能是代表点火棒，也是“火攻”的武器。原始人常常随身携带火种。有些民族已经发现了火的功用，但是不懂得怎样钻木取火，例如安达门群岛的小黑人。这一群岛屿刚发现的时候，岛上不许别的种族上岸，因此小黑人成分最纯，他们就不会取火。那更要把火种带来带去，不让它熄灭。

又，草地上生一圈菌类，叫“仙环”(fairy ring)，是一群小仙人手牵手跳圆舞，像“步步生莲花”一样生出来的。蘑菰有时候有毒，这是小黑人绝迹后已经被美化，仍旧留下的一丝戒备的感觉。

这一大套传说，内容复杂丰富，绝对不是《镜花缘》或《葛利伐游记》里面的穿心国、大人国、小人国可比。是传统、时间与无数人千锤百炼出来的。传到后来神话只有孩子们相信，成了童话。西方童话里超自然的成分，除了女巫与能言的动物，竟全部是小型人，根据小黑人创造的。美妙的童话起源于一个种族的沦亡——这具有事实特有的一种酸甜苦辣说不出的滋味。

前面引了许多人种学的书，外行掉书袋，实在可笑。我大概是向往“遥远与久远的东西”(the far away and long ago)，连“幽州”这样的字眼看了都森森然有神秘感，因为是古代地名，仿佛更远，近北极圈，太阳升不起来，整天昏黑。小时候老师圈读《纲鉴易知录》，《纲鉴》只从周朝写起，我就很不满。学生时代在港大看到考古学的图片，才发现了史前。住在国外，图书馆这一类的书多，大看之下，人种学又比考古学还更古，作为逃避，是不能跑得更远了。逃避本来也是看书的功用之一，“吟到夕阳山外山”，至少推广地平线，胸襟开阔点。

前文引库恩等，也需要声明一点，库恩在他本国声誉远不及国外，在英国视为权威，美国现在多数人种学家都攻击他的种族研究迹近种族歧视。胡腾是哈佛教授，已经逝世，那本书是一九四六年改写再版，年代较早，所以不像库恩成为众矢之的。我觉得时代的眼光的确变得很厉害，譬如《金银岛》作者斯提文生，他有个短篇小说，不记得题目是否叫《瓶》(*The Bottle*)，套《天方夜谭》神灯故事，背景在夏威夷，写土著有些地方看着使人起反感。这是因为现代人在这方面比前人敏感——当然从前中国人也就常闹辱华，现在是普遍的扩大敏感面——但这是道德与礼俗的问题，不应当影响学术。库恩书中一再说今后研究种族有困难，有人认为根本没有种族这样东西，只有遗传的因子。大概他最招忌的是说黄种白种人智力较高，无形中涉及黑人教育问题，是美国目前最具爆炸性的题目之一。其实库恩认为黑种白种人在史前也就一直参杂，对于有种族观念的白人是个重大的打击。但是反对派认为用骨骼判别种族不可靠，光靠血型也不行，而且血型往往无法查考，因此绝口不谈来历，只研究社会习俗，以资切磋借镜，也就是社会人种学。

二次世界大战末，是听了社会人种学家的劝告，不废日皇，结果使日军不得不“齐解甲”，——见黑斯（H. R. Hays）编《自猿猴到天使》选集引言——可见社会人种学在近代影响之大。这本书特别提到玛格丽·米德研究撒摩亚——也是个泡丽尼夏岛屿——的青少年，促进西方二〇年代末的性的革命——比最近的一次当然中庸些——此后她研究新几内亚几个部落，又发现两性阳刚阴柔的种种分别大部份都是环境造成的。这学说直到最近才大行其道，反映在“一性”化的发型衣饰上，以及男人带孩子料理家务等等，不怕丧失男子气。近十年来也许由于西方的一种彷徨的心理，特别影响社会风气，难怪米德女士成为青年导师，妇运领袖，一度又提倡“扩展家庭”，补救原子家庭的缺点，例如女人被孩子绊住了，妨碍妇女就业。“扩展家庭”比大家庭更大，不拘父系母系，也不一定同住，姑母舅父都有责任照应孩子，儿童也来去自由，闹别扭可以易子而教。也是一种“夏威夷”制度，印尼马来亚与泡丽尼夏诸岛都有。热带岛屿生活比较悠闲，现代高压的个人主义社会里恐怕行不通。历史是周期性的，小家庭制度西方通行已久，所以忘了大家庭的弊病，只羡慕互助的好处。美国有些青年夫妇组织的“公社”是朋友合住，以亲族为单位的还没有，也住不长，大概是嬉皮型的人才过得惯。但是小家庭也不是完全不需要改进，佛洛依德式的家庭就是原子家庭。“扩展家庭”有许多长辈给孩子们作模范，有选择的余地，据说不大会养成各种心理错综，至少值得作参考。

西方刚发现夏威夷等群岛的时候，单凭岛人的生活情调与性的解放，疯魔了十八世纪欧洲，也是因为状貌风度正符合卢骚“高贵的野蛮人”的理想，所以雅俗共赏，举国若狂。直到十九世纪中叶还又有“南海泡泡”（South Sea Bubble）大骗局，煽起南太平洋移民热，投资热，英法义大利都卷入，不久泡泡破灭，无数人倾家荡产，也有移民包下轮船，被送到无人荒岛上，终年霖雨的森林中，整大批的人饿死病死。

这些都是《叛舰喋血记》这件史实的时代背景。两次拍成电影我都看过，第一次除了却尔斯·劳顿演船长还有点记得，已经没什么印象。大致是照三〇年代的畅销书《邦梯号上的叛变》——诺朵夫、霍尔合著（Nordhoff & Hall）——写叛舰“觅得桃源好避秦”之后，就不提了。马龙白兰度这张影片却继续演下去，讲大副克利斯青主张把船再驶回英国自首，暴露当时航海法的不人道。水手们反对，当夜有人放火烧船，断了归路，克利斯青抢救仪器烧死。

烧船是事实，荒岛当然不能有海船停泊，怕引起注意。近代辟坎岛上克利斯青的后裔靠雕刻纪念品卖给游客度日，一度到欧洲卖画，五〇年间向访问的人说：当初克利斯青“一直想回国投案”，曾载《读者文摘》。照一般改编剧本的标准来说，这一改改得非常好，有一个悲壮的收梢，而且也不是完全没有根据。

十八世纪英国法律本来严酷，连小偷都是流放的罪名。航海法的残忍，总也是因为帆船远涉重洋，危险性太大，不是实在无路可走的人也不肯做水手，所以多数是囚犯，或是拉伕拉来的酒鬼，不用严刑无法维持纪律。叛变不分主从，回国一定处绞，稍有常识的人都知道。片中的克利斯青自愿为社会改革而死，那又是一回事，手下这批人以性命相托，刚找到了一个安身处，他倒又侃侃而谈，要他们去送死。我看到这里非常起反感，简直看不下去。

名小说家密契纳——著有《夏威夷》等——与前面提过的戴教授合著《乐园中的坏蛋》散文集（*Rascals in Paradise*），写太平洋上的异人，有的遁世，有的称王，内中有郑成功，也有“邦梯号”的布莱船长。布莱对于太平洋探险很有贡献，并且发现澳洲与新几内亚之间一条海峡，至今称为布莱海峡，可算名垂不朽。这本书根据近人对有关文件的研究，替他翻案。他并不是虐待狂，出事的主因是在塔喜堤停泊太久，岛上的女人太迷人，一住半年，心都野了，由克利斯青领头，带着一批青年浪子回去找他们的恋人。但是叛变是临时触机，并没有预谋。那天晚上克利斯青郁郁地想念他的绮萨贝拉——是他替她取的洋名——决定当夜乘小筏子逃走。偏那天夜间特别炎热，甲板上不断人，都上来乘凉，他走不成。

刚巧两个当值人员都怠职睡熟了，军械箱又搬到统舱正中，为了腾出地方搁面包果树——这次航行的使命是从南太平洋移植面包果，供给西印度群岛的黑奴作食粮，但是黑人吃不惯，结果白费功夫——克利斯青藉口有鲨鱼，问军械管理员拿到箱子钥匙。更巧的是几个最横暴的海员都派在克利斯青这一班，午夜起当值。内中有三个在塔喜堤逃走，给捉了回来，共有七个人犯事挨过打，都在午夜该班。于是克利斯青临时定计起事，其余的员工有的胁从，有的一时迷乱，不知道是怎么回事。

那“拜伦型的大副”那年二十四岁，脸长得一副聪明相，讨人喜欢，高个子，运动员的体格。布莱事后这样描写他：“‘身坯结实，有点罗圈腿，……有出汗太多的毛病，尤其手上，甚至于凡是他拿过的东西都沾脏了。'”布莱形容他自然没有好话。骑马过度容易罗圈腿，英国乡绅子弟从前都是从小学骑马。手汗多，似乎是有点神经质。

诺朵夫也写他脾气阴晴不定，头发漆黑，肤色也黑，再加上晒黑，黝黑异常——倒和绮萨贝拉是天生注定的一对。——诺朵夫认为他想单独逃走是为了跟船长屡次冲突——因为对他不公，并不是主持公道——后来临时变计，占领了这条船，宣布要用铁链锁住船长，送回英国治罪。同伙的船员一致反对回英，这才作罢。事后他与少年士官白颜谈起，又强调他的原意是把船长解回英国治罪。最后与白颜等两个士官诀别，还又托他们回国后转告他父亲，他本意是送船长回国法办，虽然父亲不会因此原宥他，至少可以减轻他的罪愆。

再三郑重提起这一点，但是船长究竟犯了什么罪？鞭笞怠工逃跑的水手，是合法的。密契纳代船长洗刷，但是也承认他“也许”克扣伙食——吞没九十磅乳酪，多报咸肉，造假账。至于扣食水，那是他太功利主义，省下水来浇面包果树。后来他第二次衔命去取面包果，澳洲海洋探险家马太·福林德斯那时候年纪还小，在那条船上当士官，后来回忆船上苦渴，“花匠拎水桶去浇灌盆栽，他和别人都去躺在梯级上，舐园丁泼洒的琼浆玉液。”士官尚且如此，水手可想而知。

邦梯号上有个少年士官偷了船长一只椰子，吃了解渴。船长买了几千只椰子，一共失去四只，怪大副追查不力，疑心他也有份。在这之前几天，派克利斯青带人上岸砍柴汲水，大队土人拦劫，事先奉命不准开枪，因为怀柔的国策。众寡不敌，斧头、五爪铁钩都给抢了去。土人没有铁器，异常珍视，拿去改制小刀。回船舰长不容分辩，大骂怯懦无用。

在塔喜堤，船长曾经把土人馈赠个别船员的猪只、芋头和土产一律充公，理由是船上只剩腌干食品，需要新鲜食物调剂，土产可以用来和别处土人交易。大副有个土人朋友送了一对珠子，硬没给他拿去。但是这都不是什么大事，等回国后去海军告发，还有可说，中道折回押解交官，一定以叛变罪反坐。不但是十八世纪的海军，换了现代海军也是一样。五〇年代美国著名小说改编舞台剧电影《凯恩号叛变》（*The Caine Mutiny*）——亨佛莱鲍嘉主演——本来是套《叛舰喋血记》，里面一碗杨梅的公案与那四只椰子遥遥相对，但那只是闹家务，要不是战时船长犯了临阵怯懦的罪嫌，不然再也扳不倒他。

克利斯青不是初出道，过了许多年的海员生活，不会不知道里面的情形，竟想出这么个屎主意，而且十分遗憾没能实行，可见他理路不清楚。影片中迟至抵达辟坎岛后，才倡议回国对质，更不近情理，因为中间有把船长赶下船去这回事，有十八个人跟去，全挤在一只小船上，在太平洋心，即使能着陆，又没有枪械抵御土人，往西都是食人者的岛屿。这一个处置方法干系十九条人命，回去还能声辩控诉船长不人道？

密契纳这篇翻案文章纯是一面倒，也不能叫人心服："无疑地，福莱彻·克利斯青的原意是要把船长与忠心的人都扔到太平洋底，但是叛党中另有人顾虑到后果，给了布莱一干人一线生机……"这未免太武断，怎见得是别人主张放他们一条生路，不是克利斯青本人？书中并没举出任何理由。而且即使斩草除根，杀之灭口，一年后邦梯号不报到，至多两年，国内就要派船来查，这条规则，克利斯青比他手下的人知道得更清楚。

还有白颜等两个士官、五名职工没来得及上小船，挤不下，船长怕翻船，喊叫他们不要下来：“我不能带你们走了！只要有一天我们能到英国，我会替你们说话！”

克利斯青不得不把这几个人看守起来。大船继续航行，经过一个白种人还没发现的岛，叫拉罗唐珈，岛上土人胆小，也还算友善，白颜不明白他为什么不选作藏身之地，却在英国人已经发现了的土排岛登陆，土人聚集八九百人持械迎敌，结果没有上岸，驶回塔喜堤，补充粮食，采办牲畜，接取恋人，又回到土排岛。这次因为有塔喜堤人同来，当地土人起初很友好。

他们向一个酋长买了块地，建造堡垒。克利斯青坚持四面挖二丈深四丈阔的水沟，工程浩大，大家一齐动手，连他在内。不久，带来的羊吃土人种的菜，土人就又翻脸，誓必歼灭或是赶走他们，一次次攻堡垒，开炮轰退。渐渐无法出外，除非成群结队全副武装。生活苦不堪言，住了两三个月，克利斯青知道大家都恨透了这地方，召集会议，一律赞成离开土排岛，有十六个人要求把他们送到塔喜堤，其余的人愿意跟着船去另找新天地。

密契纳为了作翻案文章，指克利斯青抛弃同党，让他们留在塔喜堤，军舰来了瓮中捉鳖。其实是他判断力欠高明，大家对他的领导失去信心，所以散伙。回塔喜堤，诺朵夫认为是怪水手们糊涂，舍不得离开这温柔乡。大概也是因为吃够了土人的苦头，别处人生地不熟，还是只有塔喜堤。仗着布莱一行人未见得能生还报案，得过且过。克利斯青为了保密，大概也急于摆脱他们，把白颜一干人也一并送到塔喜堤上岸。

第一次船到塔喜堤的时候，按照当地风俗，每人限交一个同性朋友，本地人对这友谊非常重视，互相送厚礼，临行克利斯青的朋友送了他一对完美的珍珠，被船长充公未遂。这种交友方式在南太平洋别处也有，新几内亚称为“库拉”（kula）——见马利脑斯基（B. Malinowski）日记——两地的友人都是一对一，往来馈赠大笔土特产或是沿海输入的商品，总值也没有估计，但是如果还礼太轻，声名扫地，送不起也“舍命陪君子”。收下的礼物自己销售送人。这原是一种原始的商业制度，朋友其实是通商的对手方，也都很有大商人的魄力。连南美洲西北部的印第安人也有同样的制度，直到本世纪五〇年代还通行。都是交通不便，物物交易全靠私人来往，因此特别重视通商的搭档，甚至于在父子兄弟关系之上——见哈纳（M. J. Harner）著《吉伐若人》（*The Jivaro*）——塔喜堤过去这风俗想必也是同一来源，当时的西方人容易误解，认为一味轻财尚义。克利斯青最初准备只身逃亡，除了抛撇不下恋人，一定也是憧憬岛人的社会，满想找个地图上没有的岛屿，投身在他们的世界里。但是经过土排岛之难，为了避免再蹈覆辙，只能找无人荒岛定居，与社会隔离，等于流犯，变相终身监禁。不管这是否他的决定，不这样也决通不过。

白颜住在塔喜堤一年多，爱上了一个土女，结了婚。英国军舰来了，参加叛变的水手们被捕，白颜等也都不分青红皂白捉了去。原来出事那天晚上，克利斯青正预备当夜溜下船舷潜逃，在甲板上遇见白颜，托他回国代他探望家人，万一自己这次远行不能生还。白颜一口应允。克利斯青便道：“那么一言为定。”不料船长刚巧走来，只听见最后两句话，事后以为是白颜答应参加叛变。

出事后，布莱指挥那只露天的小船，连张地图都没有，在太平洋上走了四十一天，安抵马来群岛，是航海史上的奇迹。回国报案，轰动一时，英王破格召见。跟去的十八个人，路上死了七个，剩下十一个人里面，还又有两个中途抗命，“形同反叛”，一个操帆员，一个木匠。到了荷属东印度，布莱提出控诉，把这两个人囚禁起来，等到英国候审。结果只有木匠被堂上申饬了事，另一个无罪开释。

布莱在军事法庭上咬定白颜通谍。白颜的寡母不信，他是个独子，好学，正要进牛津大学，因为醉心卢骚拜伦等笔下的南海，才去航海，离家才十七岁，这是第一次出海，与布莱是世交，他母亲重托了他。案发后她写信给布莱，他回信大骂她儿子无行。这母子俩相依为命，受了这刺激，就此得病，白颜回来她已经死了。

布莱对白颜是误会，另外还有三个人，一个军械管理员，两个小木匠，布莱明知他们是要跟他走的，经他亲口阻止，载重过多怕翻船，不妨留在贼船上，他回去竟一字不提。递解回国途中，军舰触礁，来不及一一解除手镣脚铐，淹死了四个。这三个人侥幸没死，开审时，又幸而有邦梯号上的事务长代为分辩，终于无罪开释。布莱不在场，已经又被派出国第二次去南海取面包果。

这时候距案发已经三年，舆论倒了过来，据密契纳说，是因为克利斯青与另一个叛党少年士官，两家都是望族，克利斯青的哥哥是法学教授，两家亲属奔走呼号，煽起社会上的同情。而且布莱本人不在国内，有人骂他怯懦不敢对质，其实他早已书面交代清楚，并且还出版了一本书，说明事件经过。不管是为了什么原因，也许是“日久事明”，军事法庭第二次审这件案子，结果只绞死三名水手，白颜等三人判了死刑后获赦。

十八世纪末，英国海军陆续出了好几次叛变，都比邦梯案理由充足，最后一次在伦敦首善之区，闹得很大。但是镇压下来之后，都被忘怀了，惟有太平洋心这只小型海船上的风波，举世闻名，历久不衰，却是为何？未必又是克利斯青家族宣传之力。我觉得主要的原因似乎是：只有这一次叛变是成功的，不能低估了美满的结局的力量。主犯几乎全部逍遥法外，享受南海风光，有情人都成眷属，而且又是不流血的革命，兵不血刃，大快人心。出事在西历一七八九年，同年法国大革命，从某些方面说来，甚至于都没有它影响大。狄更斯的《双城记》可以代表当时一般人对法国革命的感觉，同情而又恐怖憎恶，不像邦梯案是反抗上司，改革陋规，普通人都有切身之感。在社会上，人生许多小角落里，到处都有这样的暴君。

布莱除了航海的本领确是个人才，也跟克利斯青一样都是常人，也是他成为一个象征之后，才“天下之恶皆归之”。邦梯事件后二十年，显然已成定论。船名成了他的绰号：“邦梯 · 布莱”。但是官运亨通，出事后回国立即不次擢迁——军事法庭上法官认为有逼反嫌疑，责备了他几句，那是没有的事，影片代观众平愤的——此后一帆风顺，对拿破仑作战，又立下军功。生平下属四次叛变，连邦梯出事后归途中的一次小造反算在内。最大的一次叛乱，是他晚年在澳洲做新南威尔斯州长，当地有个约翰·麦卡塞，现在澳洲教科书上都称他为伟大的开荒畜牧家，奠定澳洲羊毛的基础，但是同时也是地方上一霸，勾结驻军通同作弊，与州长斗法，手下的人散布传单骂“邦梯 · 布莱”：“难道新南威尔斯无人，就没有个克利斯青，容州长专制？”

布莱无子，有六个女儿，那次带了个爱女与生病的女婿，到锡尼上任。现在的大都市锡尼，那时候只是个小小英属地，罪犯流放所。布莱的掌珠不但是第一夫人，而且是时装领袖，每次有船到，她母亲从伦敦寄衣服给她。一次寄来巴黎流行的透明轻纱长袍，黏在身上。——法国大革命后开始时行希腊风的长衣，常用稀薄的白布缝制，取其轻软，而又朴素平民化，质地渐趋半透明。那时候不像近代透明镂空衣料例必衬里子，或穿衬裙，连最近几年前美国兴透明衬衫，里面不穿什么，废除乳罩，也还大都有两只口袋，遮盖则个。拿破仑的波兰情妇瓦露丝卡伯爵夫人有张画像，穿着白色细褶薄纱衬衫，双乳全部看得十分清楚。拿翁倒后，时装发展下去，逐渐成为通身玻璃人儿。布莱这位姑奶奶顾虑到这是个小地方，怕穿不出去，里面衬了一条长灯笼裤，星期日穿着去做礼拜，正挽着父亲手臂步入教堂，驻军兵士用肘弯互相抵着，唤起彼此注意，先是嗤笑，然后笑出声来。她红着脸跑出教堂，差点晕倒。布莱大怒，没有当场发作，但是从此与驻军嫌隙更深。不久，他下令禁止军官专利卖酒剥削犯人，掀起轩然大波，酿成所谓“甜酒之乱”(The Rum Rebellion)，部下公然拘捕州长，布莱躲在床下，给搜了出来，禁闭一两年之久，英国派了新州长来，方始恢复自由，乘船回国。

诺朵夫书上末了也附带写“甜酒之乱”，但是重心放在白颜二十年后重访塔喜堤，发现爱妻已死，见到女儿抱着小外孙女，因为太激动，怕“受不了”，没有相认。这书用第一人称，从白颜的观点出发，一来是为了迁就材料，关于他的资料较多，而且他纯粹是冤狱，又是个模范青年。侧重在他身上，也是为了争取最广大的读者群。无如白颜这人物，固然没有人非议，对他的兴趣也不大，书到尾声，唯一兴趣所在是邦梯号的下落。

白颜出狱后，曾经猜测克利斯青一定去了拉罗唐珈，是他早先错过了的，一个未经白人发现的岛。“过了十八年，我才知道我这意见错到什么地步。”就这么一句，捺下不提了。读者只知道未去拉罗唐珈，是去了哪里，下文也始终没有交代，根本没再提起过。所以越看到后来越觉得奇怪，憋闷得厉害，避重就轻，一味搪塞，非常使人不满。

这本书虽然是三〇年代的，我也是近年来看了第二部影片之后才有这耐性看它。报刊上看到的关于邦梯号的文字，都没提到发现辟坎岛的经过。在我印象中，一直以为克利斯青这班人在当时是不知所终，发现辟坎岛的时候，岛上有他们的后裔，想必他们都得终天年。最后看见密契纳这一篇，才知道早在出事廿年左右——就在白颜访旧塔喜堤的次年——英舰已经发现辟坎岛，八个叛党只剩下一个老人，痛哭流涕“讲述这块荒凉的大石头上凶杀的故事”，讲大家都憎恨克利斯青残酷，“不顾人权”，正是他指控布莱的罪名。绮萨贝拉在岛上给他生了个儿子，取名“星期四·十月”，那是模仿《鲁滨逊漂流记》，里面鲁滨逊星期五遇见一个土人，就给他取名“星期五”。孩子显然是在叛变后五个多月诞生。次年十月底，产子一年后，绮萨贝拉生病死了。他要另找个女人，强占一个跟去的土人的妻子，被那土人开枪打死了。

叛舰的故事可以说是跟我一块长大的，尽管对它并不注意。看到上面这一段，有石破天惊之感。其实也是缩小的天地中的英雄末路。辟坎岛孤悬在东太平洋东部，距离最近的岛也有数百英里之遥，较近复活节岛与南美洲。复活节岛气候很凉，海风特大，树木稀少，又缺淡水，多数农植物都不能种，许多鱼也没有，不是腴美的热带岛屿，但是岛上两族长期展开剧烈的争夺战。叛舰初到辟坎岛，发现土人留下的房屋，与复活节岛式的大石像，大概是复活节岛人逃避来的。有一尊断头的石像，显然有追兵打到这里来。但是结果辟坎岛并没有人要，可见还不及复活节岛，是真是一块荒凉的大石头，一定连跟来的塔喜堤人都过不惯。也不怪克利斯青一直想回国自首。

他在土排岛与大家一同做苦工，但是也可能日子一久，少爷脾气发作，变得与布莱一样招恨，那也是历史循环，常有的事。主要还是环境关系，生活极度艰苦沉闷，一天到晚老是这几个人，容易发生摩擦。也许大家心里懊悔不该逞一时之快，铸成大错，彼此怨怼，互相厌恨，不然他死后为甚么统统自相残杀，只剩一个老头子？

老人二十年后见到本国的船只，像得救一样，但是不免畏罪，为自己开脱，反正骂党魁总没错。——书上没说他回国怎样处分，想必没有依例正法。——当然，岛上还有土人在，不是完全死无对证。所说的克利斯青的死因大概大致属实，不过岛上的女人风流，也许那有夫之妇是自愿跟他，不是强占。在缺少女人的情形下，当然也一样严重。总计他起事后只活了不到两年，也并没过到一天伊甸园的生活。

老人的供词并非官方秘密文件，但是近代关于邦梯案的文字全都不约而同绝口不提，因为传说已经形成，克利斯青成为偶像，所以代为隐讳——白兰度这张影片用老人作结，但是只说叛党自相残杀净尽，片中的克利斯青早已救火捐躯——只有密契纳这一篇是替船长翻案，才不讳言大副死得不名誉。诺朵夫书上如果有，也就不会是三〇年代的畅销书，那时候的标准更清教徒式。但是书上白颜自云十八年后发现叛舰不是逃到拉罗唐珈，而下文不再提起这件事，这章法实在特别，史无前例。看来原文书末一定有那么一段，写白颜听到发现辟坎岛的消息，得知诸人下场，也许含糊地只说已死。出版公司编辑认为削弱这本书的力量,影响销路,要改又实在难处理,索性给删掉了。给读者留下一个好结局的幻象,因为大多数人都知道辟坎岛上有克利斯青一干人的子孙。

在我觉得邦梯案添上这么个不像样的尾巴,人物与故事才完整。由一个“男童故事”突然增加深度,又有人生的讽刺,使人低徊不尽。当然,它天生是个男童故事,拖上个现实的尾巴反而不合格,势必失去它的读者大众。好在我容易对付,看那短短一段叙事也就满足了。

郁达夫常用一个新名词:“三底门答尔”(sentimental),一般译为“感伤的”,不知道是否来自日本,我觉得不妥,太像“伤感的”,分不清楚。“温情”也不够概括。英文字典上又一解是“优雅的情感”,也就是冠冕堂皇、得体的情感。另一个解释是“感情丰富到令人作呕的程度”。近代沿用的习惯上似乎侧重这两个定义,含有一种暗示,这情感是文化的产物,不一定由衷,又往往加以夸张强调。不怪郁达夫只好音译,就连原文也难下定义,因为它是西方科学进步以来,抱着怀疑一切的治学精神,逐渐提高自觉性的结果。

自从郁达夫用过这名词,到现在总有四十年了,还是相当陌生,似乎没有吸收,不接受。原因我想是中国人与文化背景的融洽,也许较任何别的民族为甚,所以个人常被文化图案所掩,“应当的”色彩太重。反映在文艺上,往往道德观念太突出,一切情感顺理成章,沿着现成的沟渠流去,不触及人性深处不可测的地方。实生活里其实很少黑白分明,但也不一定是灰色,大都是椒盐式。好的文艺里,是非黑白不是没有,而是包含在整个的效果内,不可分的。读者的感受中就有判断。题材也有是很普通的事,而能道人所未道,看了使人想着:“是这样的。”再不然是很少见的事,而使人看过之后会悄然说:“是有这样的。”我觉得文艺沟通心灵的作用不外这两种。二者都是在人类经验的边疆上开发探索，边疆上有它自己的法律。

现代西方态度严肃的文艺,至少在宗旨上力避“三底门答尔”。近来的新新闻学（new journalism）或新报导文学，提倡主观，倾向主义热，也被评为“三底门答尔”。“三底门答尔”到底是甚么，说了半天也许还是不清楚。粗枝大叶举个例子。诺朵夫笔下的《叛舰喋血记》与两张影片都“三底门答尔”，密契纳那篇不“三底门答尔”。第一张影片照诺朵夫的书，注重白颜这角色，演员挂三牌。第二张影片把白颜的事迹完全删去，因为到了六〇年代，这妥协性的人物已经不吃香。电影是群众传达器，大都需要反映流行的信念。密契纳那篇散文除了太偏向船长，全是史实。所谓“冷酷的事实”，很难加以“三底门答尔”化。

当然忠实的纪录体也仍旧可能主观歪曲，好在这些通俗题材都不止一本书，如历史人物、名案等等，多看两本一比就有数。我也不是特为找来看，不过在这兴趣范围内不免陆续碰上，看来的材料也于我无用，只可自娱。实在是浪费时间，但是从小养成手不释卷的恶习惯，看的“社会小说”书多，因为它保留旧小说的体裁，传统的形式感到亲切，而内容比神怪武侠有兴趣，仿佛就是大门外的世界，到了四〇、五〇年代，社会小说早已变质而消灭，我每次看到封底的书目总是心往下沉，想着:“书都看完了怎么办？”

在国外也有个时期看美国的内幕小说，都是代用品。应当称为行业小说，除了“隔行如隔山”，也没有甚么内幕。每一行有一本:飞机场、医院、旅馆业、影业、时装业、大使馆、大选筹备会、牛仔竞技场、警探黑社会等。内中最好的一本不是小说，讲广告业，是一个广告商杰利·戴拉·范米纳（Della Femina）自己动笔写的，录音带式的漫谈，经另人整理删节，还是很多重复。书题叫《来自给你们珍珠港的好人》，是作者戏拟日制电视机广告。

行业小说自然相当内行，沾到真人实事，又需要改头换面，避免被控破坏名誉。相反地，又有假装影射名人的，如《国王》（*The King*）——借用已故影星克拉克盖博绰号，写歌星法兰克辛纳屈——《恋爱机器》——前CBS电视总经理吉姆·奥勃瑞，绰号“笑面响尾蛇”——务必一望而知是某人的故事，而到节骨眼上给“掉包”换上一般通俗小说情节，骗骗读者，也绝对不会开罪本人。这都煞费苦心，再加上结构穿插气氛，但是我觉得远不及中国的社会小说。

社会小说这名称，似乎是二〇年代才有，是从《儒林外史》到《官场现形记》一脉相传下来的，内容看上去都是纪实，结构本来也就松散，散漫到一个地步，连主题上的统一性也不要了，也是一种自然的趋势。清末民初的讽刺小说的宣传教育性，被新文艺继承了去，章回小说不再震聋发聩，有些如《歇浦潮》还是讽刺，一般连讽刺也冲淡了，止于世故。对新的一切感到幻灭，对旧道德虽然怀念，也遥远黯淡。三〇年代有一本题作《人心大变》，平襟亚著，这句话在社会小说里是老调。但是骂归骂，有点像西方书评人的口头禅“爱恨关系”，形容有些作者对自己的背景，既爱又恨，因为是他深知的唯一的世界。不过在这里“恨”字太重，改“憎”比较妥贴。

《人海潮》最早，看那版本与插图像是一〇年代末或二〇年代初，文笔很差，与三〇年代有一部不知道叫《孽海梦》还是甚么梦的同样淡漠稚拙，有典型性，作者都不著名，开场仿佛也都是两个青年结伴到上海观光。后一部写两个同学国光、锦人，带着国光的妹妹来沪，锦人稍有阔少习气。见识了些洋场黑幕后，受人之托，同去湖北整顿一个小煤矿。住的房子是泥土地，锦人想出一个办法，买了草席铺在地下作地毯。有一天晚上听见隔壁席子窸窣作响，发现账房偷开铁箱。原来是账房舞弊，所以蚀本。查出后告退，正值国民军北上，扫清一切魍魉。以北伐结束，也是三〇年代社会小说的公式。锦人与国光的妹妹相处日久发生情愫，回乡途中结婚，只交代了这么一句，妹妹在书中完全不起作用，几乎从来不提起，也没同去湖北。显然是“国光”的自述，统统照实写上。对妹妹的婚姻似乎不大赞成，也不便说甚么。

这部书在任何别的时候大概不会出版，是在这时期，混在社会小说名下，虽然没有再版，料想没有蚀本。写到内地去，连以一个大都市为背景的这点统一性都没有。它的好处也全是否定的，不像一般真人实事的记载一样，没有故作幽默口吻，也没有墓志铭式的郑重表扬，也没寓有创业心得、夫妇之道等等。只是像随便讲给朋友听，所以我这些年后还记得。

《广陵潮》我没看完，那时候也就看不进去，因为刻划得太穷凶极恶，不知道是否还是前一个时期的影响，又“三底门答尔”，近于稍后的“社会言情小说”，承上启下，仿佛不能算正宗社会小说。

这些书除了《广陵潮》都是我父亲买的，他续娶前后洗手不看了，我住校回来，已经一本都没有，所以十二三岁以后就没再看见过，当然只有片段的印象。后来到书摊上去找，早已绝迹。张恨水列入“社会言情小说”项下，性质不同点。他的《春明外史》是社会小说，与毕倚虹的《人间地狱》有些地方相近，自传部份仿佛是《人间地狱》写得好些，两人的恋爱对象雏妓秋波梨云也很相像。《人间地狱》就绝版了。写留学生的《留东外史》远不及《海外缤纷录》，《留东外史》倒还有。

社会言情小说格调较低，因为故事集中，又是长篇，光靠一点事实不够用，不得不用创作来补足。一创作就容易“三底门答尔”，传奇化，幻想力跳不出这圈子去。但是社会小说的遗风尚在，直到四〇年代尾，继张恨水之后也还有两三本真实性较多。那时候这潮流早已过去，完全不为人注意。

一个是上海小报作者的长篇连载，出单行本，我记性实在太糟，人名书题全忘了，只知道是个胖子，常被同人嘲骂“死大块头”——比包天笑晚一二十年，专写上海中下层阶级。这一篇写一个舞女嫁给开五金店的流氓，私恋一个家累重的失业青年，作为表兄，介绍他做账房，终于与流氓脱离预备嫁他，但是他生肺病死了。这样平淡而结局意想不到地感动人。此外，北方有一本写北大一个洗衣女，与一个学生恋爱而嫌他穷。作者姓王。又有个大连的现代钗头凤故事，着着都近情理，而男主人翁泄气得谁也造不出来，看来都是全部实录。

社会小说在全盛时代，各地大小报每一个副刊登几个连载，不出单行本的算在内，是一股洪流。是否因为过渡时代变动太剧然，虚构的小说跟不上事实，大众对周围发生的事感到好奇？也难说，题材太没有选择性，不一定反映社会的变迁。小说化的笔记成为最方便自由的形式，人物改名换姓，下笔更少顾忌，不像西方动不动有人控诉诽谤。写妓院太多，那是继承晚清小说的另一条路线，而且也仍旧是大众憧憬的所在，也许因为一般人太没有恋爱的机会。有些作者兼任不止一家小报编辑，晚上八点钟到报馆，叫一碗什锦炒饭，早有电话催请吃花酒，一方面“手民索稿”，写几百字发下去——至少这是他们自己笔下乐道的理想生活。小说内容是作者的见闻或是熟人的事，“拉在篮里便是菜”，来不及琢磨，倒比较存真，不像美国的内幕小说有那么许多讲究，由俗手加工炮制，调入罐头的防腐剂、维他命、染色，反而原味全失。这仿佛是怪论——

在西方近人有这句话：“一切好的文艺都是传记性的。”当然实事不过是原料，我是对创作苛求，而对原料非常爱好，并不是“尊重事实”，是偏嗜它特有的一种韵味，其实也就是人生味。而这种意境像植物一样娇嫩，移植得一个不对会死的。

西谚“真事比小说还要奇怪”——“真事”原文是“真实”，作名词用，一般译为“真理”，含有哲理或教义的意味，与原意相去太远，还是脑筋简单点译为“真事”或“事实”比较对。马克吐温说：“真实比小说还要奇怪，是因为小说只能用有限的几种可能性。”这话似是而非。可能性不多，是因为我们对这件事的内情知道得不多。任何情况都有许多因素在内，最熟悉内情的也至多知道几个因素，不熟悉的当然看法更简单，所以替别人出主意最容易。各种因素又常有时候互为因果，都可能“有变”，因此千变万化无法逆料。

无穷尽的因果网，一团乱丝，但是牵一发而动全身，可以隐隐听见许多弦外之音齐鸣，觉得里面有深度阔度，觉得实在，我想这就是西谚所谓 the ring of truth ——“事实的金石声”。库恩认为有一种民间传说大概有根据，因为听上去“内脏感到对”（Internally right）。是内心的一种震荡的回音，许多因素虽然不知道，可以依稀觉得它们的存在。

既然一听就听得出是事实，为甚么又说“真实比小说还要奇怪”，岂不自相矛盾？因为我们不知道的内情太多，决定性的因素几乎永远是我们不知道的，所以事情每每出人意料之外。即使是意中事，效果也往往意外。“不如意事常八九”，就连意外之喜，也不大有白日梦的感觉，总稍微有点不对劲，错了半个音符，刺耳、粗糙、咽不下。这意外性加上真实感——也就是那铮然的“金石声”——造成一种复杂的况味，很难分析而容易辨认。

从前爱看社会小说，与现在看纪录体其实一样，都是看点真人真事，不是文艺，口味简直从来没变过。现在也仍旧喜欢看比较可靠的历史小说，里面偶尔有点生活细节是历史传记里没有的，使人神往，触摸到另一个时代的质地，例如西方直到十八世纪，仆人都不敲门，在门上抓搔着，像猫狗要进来一样。

普通人不比历史人物有人左一本右一本书，从不同的角度写他们，因而有立体的真实性。尤其中下层阶级以下，不论过去现在，都是大家知道得最少的人，最容易概念化。即使出身同一阶级，熟悉情形的，等到写起来也可能在怀旧的雾中迷失。所以奥斯卡·路易斯的几本畅销书更觉可贵。

路易斯也是社会人种学家，首创“贫民文化”（culture to poverty）这名词，认为世代的贫穷造成许多特殊的心理与习俗，如只同居不结婚，不积钱，爱买不必要的东西，如小摆设等。这下层文化不分国界，非洲有些部落社会除外。他先研究墨西哥，有一本名著《五个家庭》，然后专写五家之一：《桑协斯的子女》（*The Children of Sanchez*），后者一度酝酿要拍电影，由安东尼昆、苏非亚罗兰饰父女，不幸告吹。较近又有一本题作《拉维达》（*La Vida*），是西班牙文“生活”，指皮肉生涯，就像江南人用“做生意”

作代名词。写波多黎各一个人家，母女都当过娼妓，除了有残疾的三妹。作者起初选中这一家，并不知道这一层，发现后也不注重调查“生活”，重心全在他们自己的关系上。其间的“恩怨尔汝来去”也跟我们没什么不同。

内容主要是每人自述身世，与前两本一样，用录音带记下来，删掉作者的问句，整理一下。自序也说各人口吻不同，如闻其声。有个中国社会学家说：“如果带着录音器去访问中国人就不行。”其实不但中国人，路易斯的自序也说墨西哥人就比波多黎各人有保留。大概墨西哥到底是个古国，波多黎各也许因为黑人血液的成分多，比较原始。奇怪的是《拉维达》里反而是女人口没遮拦，几个男人——儿子女婿后父——都要面子，说话很“四海”，爱吹，议论时事常有妙论，想入非非。也许是女人更受他们特殊的环境的影响，男人与外界接触多些，所以会说门面话，比较像别国社会地位相仿的人。反正看着眼熟。

福南妲讲她同居的男子死了，回想他生前，说：“他有一样不好：他不让我把我的孩子们带来跟我们一块住。”下一页她叙述与另一个人同居：“我们头两年非常快乐，因为那时候我的孩子们没跟我一块住。”前后矛盾，透露出她心理上的矛盾，但是闲闲道出，两次都是就这么一句话，并不引人注意，轻重正恰当。她根本不是贤妻良母型的人，固然也是环境关系，为了孩子们也是呕气，稍大两岁，后父又还对长女有野心。

长女索蕾妲是他们家的美人，也是因为家里实在待不下去，十三岁就跟了三十岁的亚土若，“爱得他发疯。”他到手后就把她搁在乡下，他在一家旅馆酒排间打工，近水楼台，姘妓女，赌钱，她一直疑心他靠妓女吃饭。他开过小赌场，本来带几分流气。几次闹翻了，七八年后终于分开，她去做妓女养活孩子们——她先又还领养了个跛足女婴，与自己的孩子一样疼。他一直纠缠不清，想靠她吃饭，动小刀子刺伤了她，被她打破头。但是她贴他钱替她照顾孩子，倒是比娘家人尽心。她第一次去美国，拖儿带女投亲，十分狼狈，一方面在农场做短工，还是靠跟一个个的同乡同居，太受刺激，发神经病入院，遣送回籍。铩羽归来，家里人冷遇她，只有前夫亚土若对她态度好，肯帮忙。所以后来她在纽约，病中还写信给他，不过始终拒绝复合。

亚土若谈他们离异的经过，只怪她脾气大，无理取闹，与小姨挑唆。直到后半部她两个妹妹附带提到，才知道她和他感情有了裂痕后也屡次有外遇，他有一次回家捉奸，用小刀子对付她，她拿出他的手枪，正要放，被他一把抓住她的手，子弹打中她的手指。她告诉法官是他开枪，判监禁六个月。他实在制伏不了她，所以不再给钱，改变主张想靠她吃饭。原来他是为了隐瞒这一点，所以谎话连篇，也很技巧，例如本是为了捉奸坐牢，他说是回家去拿手枪去打死一个仇人，索蕾妲劝阻夺枪，误伤手指，惊动警察，手枪没登记，因此入狱。入狱期间恐怕她不贞，因为囚犯的妻子大都不安于室，而且这时期关于她的流言很多。他一放出来就对她说："我们这次倒已经分开很久了，不如就此分手。"但是她哭了，不肯。一席话编得面面俱到。

故事与人物个性的发展如同抽茧剥蕉。他写给两个小女儿的信——有一个不是他的——把她们捧成小公主。孩子们也是喜欢他，一个儿子一直情愿跟他住在乡下。索蕾妲姊弟有个老朋友马赛罗也说他确是给这些孩子们许多父爱，旁人眼中看来，他身材瘦小，面貌也不漂亮，只有丈母娘福南妲赏识他有胆气。但是他做流氓没做成，并且失业下乡孵豆芽，感慨地说他无论什么事结果都失败了。

索蕾妲去美之前爱上了一个贼，漂亮、热情，但也是因为他比周围的人气派大些。是她最理想的一次恋爱，同居后不再当娼。有一天晚上他去偷一家店铺，是他们这一伙不久以前偷过的，这次店主在等着他。他第一个进去，店主第一枪就打中他的胸部，同党逃走了。第二天她跟着他姑母去领尸，到医院的太平间，尸身已经被解剖，脑子都掏了出来搁在心口上。她拥抱着他，发了疯，一个月人事不知。

据她的九岁养女说：是他去偷东西，被警探包围，等他出来的时候开枪打死的。她二妹说的又不同：他无缘无故被捕，装在囚车里开走了，过了些天才枪毙，索蕾妲两次都晕厥过去。照这一说，大概是他犯窃案的时候杀过人，所以处死刑。索蕾妲讲得最罗曼蒂克。她母亲的姨妈本来说她爱扯谎，自述也是有些地方不实不尽。反正不管是当场打死还是枪决，都不是死因不明，用不着开膛破肚检验，而且连大腿都剖开了，显然是医学研究，不是警方验尸，地点也不会在医院太平间。如果是把罪犯的尸首供给医校解剖，也没那么快。看来这一节是她的狂想。她后来病中担忧死了没人收尸，给送去解剖，宁可把遗体赠予波多黎各热带疾病研究院，不愿白便宜了美国人："让他们拿他们自己的鸡巴去做实验。"念念不忘解剖，也许是对于卖身的反感与恐怖压抑了下去，象征性地联想到被解剖。她发精神病的时候自己抹一脸屎，似乎也是谴责自己。她第二次还乡，衣锦荣归，在纽约跟一个同乡水手边尼狄托同居，自己又在小工厂做工，混得不错。但是她家里觉得她高攀，嫌脏，老是批评这样那样，相形之下使人心里难受。带来的礼物又太轻，都对她淡淡的，边尼狄托又不替她做脸，喝得醉猫似的，她认为“那是我一生最不快乐的一天。”他先上船走了，她在娘家过年，与卖笑的二妹一同陪客人出去玩，除夕一晚上赚了五十元美金。在纽约也常需要捞外快贴补家用。

同一件事在她弟弟口中，先说边尼狄托待他姐姐好。“有一天我去看他们，他们吵了起来。是这样：她回波多黎各去了一趟，边尼狄托发现她在那边跟一个美国人睡过。她还是个有夫之妇！但是那次边尼狄托干了件事，我不喜欢。他等我回去了之后打她。这我不喜欢。我可从来没跟他提起过。夫妻吵架，别人不应当插一脚。我后来倒是跟索蕾姐说过。我告诉她她做错了事，她要是不改过，以后我不去看她了。我说不应该当着我的面吵架，夫妻要吵架，应当等没人的时候。”

这一段话有点颠三倒四，思路混乱。他只怪他姐夫一件事：等他走了之后打老婆——是怪他打她，还是怪他等他走了才打？同页第一段述及妹夫打妹妹，他不干涉，妹夫打二姐，虽然是二姐理亏，他大打妹夫。可见他并不反对打老婆，气的是等他走后才打。但是如果不等他走就打，岂不更叫他下不来台？等他走了再打，不是他告诫大姐的话：等没有人的时候再吵架？

下一页他说：“我不喜欢我的姐姐们。她们光是一个男人从来不够。她们喜欢寻欢作乐。……但是不管怎么样，我是爱我的姊妹们。我不让任何人当着我说她们的坏话。有时候我甚至于梦见她们……”他常梦见在泥潭里救出索蕾姐，她满身爬着蛇。前文自相矛盾处，是他本能地卫护姐姐，迁怒姐夫。书中人常有时候说话不合逻辑，正是曲曲达出一种复杂的心理。

这种地方深入浅出，是中国古典小说的好处。旧小说也是这样铺开来平面发展，人多，分散，只看见表面的言行，没有内心的描写，与西方小说的纵深成对比。纵深不一定深入。心理描写在过去较天真的时代只是三底门答尔的表白。此后大都是从作者的观点交代动机或思想背景，有时候流为演讲或发议论，因为经过整理，成为对外的，说服别人的，已经不是内心的本来面目。“意识流”正针对这种倾向，但是内心生活影沉沉的，是一动念，在脑子里一闪的时候最清楚，要找它的来龙去脉，就连一个短短的思想过程都难。记下来的不是大纲就是已经重新组织过。一连串半形成的思想是最飘忽的东西，跟不上，抓不住，要想模仿乔埃斯的神来之笔，往往套用些心理分析的皮毛。这并不是低估西方文艺，不过举出写内心容易犯的毛病。

奥斯卡·路易斯声明他这书是科学，不是文艺。书中的含蓄也许只是存真的结果。前两本更简朴，这一本大概怕味道出不来，特加一个新形式，在自序中说明添雇一个墨西哥下层阶级女助手，分访母女子媳，消磨一整天，有时候还留宿，事后记下一切，用第三人称，像普通小说体裁，详细描写地段房屋，人物也大都有简单的描写。几篇自述中间夹这么一章，等于预先布置舞台。

第一章，萝莎去探望福南妲，小女儿克茹丝初出场：“克茹丝十八岁，皮肤黑，大约只有四呎九吋高。她一只腿短些，所以瘸得很厉害。脊骨歪斜，使她撅着屁股，双肩向后别着，非常不雅观。”她给母亲送一串螃蟹来：

“‘有个人在那儿兜来兜去卖，他让我买便宜了，’克茹丝说，‘他大概是喜欢我，反正他也就剩这几只了。’”

谈了一会，她说她要去推销奖券：“不过我要先去打扮打扮。卖东西给男人就得这样。他们买东西就是为了好对你看。”

她家里人都没答这碴。不久她销完了回来了，已经换过衣服，穿着粉红连衫裙，领口挖得极低，鞋也换了粉红夹绿两色凉鞋。“她虽然身体畸形，看着很美丽。”这是萝莎的意见，说明克茹丝并不完全是自以为美。萝莎从来不下评语，这也许是唯一的一次，因为实在必须，不说是真不知道。意在言外的，是这时候刚发现她肉感。丰艳的少女的肢体长在她身上，不是没有吸引力，难免带着一种异样的感觉。克茹丝的遭遇当然与这有关。

至于为什么不直说，一来与萝莎的身分不合，她对这家人家始终像熟人一样，虽然冷眼旁观，与书中人自述的距离并不大。在这里，含蓄的效果最能表现日常生活的一种浑浑噩噩，许多怪人怪事或惨状都“习惯成自然”，出之于家常的口吻，所以读者没有牛鬼蛇神“游贫民窟”（slumming）的感觉。

但是含蓄最大的功能是让读者自己下结论，像密点印象派图画，整幅只用红蓝黄三原色密点，留给观者的眼睛去拌和，特别鲜亮有光彩。这一派有一幅法国名画题作《赛船》，画二男一女，世纪末装束，在花棚下午餐，背景中有人划小船竞渡，每次看见总觉得画上是昨天的事，其实也并没有类似的回忆。此外这一派无论画的房屋街道，都有“当前”（immediacy）的感觉。我想除了因为颜色是现拌的，特别新鲜，还有我们自己眼睛刚做了这搅拌的工作，所以产生一种错觉，恍惚是刚发生的事。看书也是一样，自己体会出来的书中情事格外生动，没有古今中外的间隔。

《拉维达》等几本书在美国读者众多，也未见得会看夹缝文章，不过一个笼统的印象，也就可以觉得是多方面的人生，有些地方影影绰绰，参差掩映有致。也许解释也是多余的，我是因为中国小说过去有含蓄的传统，想不到反而在西方“非文艺”的书上找到。

我想那是因为这些独白都是天籁，而中国小说的技术接近自然。

太久没有发表东西，感到隔膜，所以通篇解释来解释去，噜苏到极点。以前写的东西至今还有时候看见书报上提起，实在自己觉得惭愧，即使有机会道谢，也都无话可说，只好在这里附笔致意。

＊初载一九七四年四月二十五日台北《中国时报·人间》，收入《张看》。

连环套创世纪前言

水晶先生与他的朋友唐文标教授来信说，文标先生在加州一个图书馆里找到我三十年前几篇旧作，建议重新发表。《姑姑语录》是我忘了收到散文集里面，小说《连环套》、《创世纪》未完，是自己感到不满，没写下去，《殷宝滟送花楼会》更不满意，因此一直没有收到小说集里，这一点需要说明。对于他们二位的热忱，也应当再在这里致谢。

一九七四年四月

*初载一九七四年六月台北《幼狮文艺》第三十九卷第六期，未收集，标题为本书所加。

谈看书后记

上次谈看书，提到《叛舰喋血记》，稿子寄出不久就看见新出的一部画册式的大书《布莱船长与克利斯青先生》，李察浩 (Hough) 著，刊有其他著作名单，看来似乎对英国海军史特别有研究。自序里面说写这本书，得到当今皇夫爱丁堡公爵的帮助。叛舰逃往辟坎岛，这小岛现代也还是在轮船航线外，无法去，他是坐女皇的游艇去的。前记美国名小说家密契纳与夏威夷大学戴教授合著一文，替船长翻案，这本书又替大副翻案。这些书我明知陈谷子烂芝麻，“只可自怡悦”，但是不能不再补写一篇，不然冤枉了好人。

原来这辟坎岛土地肥沃，四季如春，位置在热带边缘上，因此没有热带岛屿恼人的雨季。以前住过土人，又弃之而去，大概是嫌小，感到窒息，没有社交生活。西方有个海船发现这小岛，找不到港口，没有登陆。克利斯青看到这段记载，正合条件，地势高，港口少，容易扼守，树木浓密，有掩蔽。而且妙在经纬度算错了几度，更难找。到了那里，白浪滔天，无法登岸，四周一圈珊瑚礁，铁环也似围定。只有一处悬崖下有三丈来长一块沙滩，必须瞄准了它，从一个弯弯扭扭的珊瑚礁缺口进去，把船像支箭直射进去，确是金城汤池。

他起先选中土排岛，也是为了地形，只有一个港口，他看定一块地方建筑堡垒，架上船上的炮，可以抗拒追捕英舰，一方面仍旧遥奉英王乔治三世，取名乔治堡，算是英殖民地。先到塔喜堤去采办牲畜，也是预备多带土人去帮同镇压当地土著，但是只有寥寥几个男子肯去，女人更不踊跃。二十几个叛党中只有四个比较爱情专一，各有一个塔喜堤女人自视为他们的妻子，包括绮萨贝拉。除了这四个自动跟去，又临时用计骗了七个，带去仍旧不敷分配。没有女人的水手要求准许他们强抢土排岛妇女，克利斯青不允，一定要用和平的手段。他们不服，开会让他们民主自决，六个人要回塔喜堤。他保证送他们去，说："我只要求把船给我，让我独自去找个荒岛栖身，因为我不能回英国去受刑，给家里人丢脸。"同伙唯一的士官爱德华杨发言："他们再也不会离开你的，克利斯青先生！"有人附和，一共八个人仍旧跟他。

为了缺少女人而散伙，女人仍旧成问题。把解散的人员送到塔喜堤，顺便邀请了二十几个土著上船饮宴，有男有女。克利斯青乘夜割断铁锚绳索，张帆出海，次晨还推说是访问岛上另一边。近午渐渐起疑，发急起来，有一个年轻的女人竟奋身一跃，跳下楼船，向遥远的珊瑚礁游去，别人都没这胆量，望洋兴叹。一共十八个女人，六个男人，内中有两个土排岛人，因为与白人关系太密切，白人走了惧祸，不得已跟了来。但是有六个女人年纪太大，下午路过一个岛上来了只小船，就交给他们带了去，剩下的女人都十分羡慕。

船上第一桩大事是配对，先尽白人选择。原有配偶的四人中，只有水手亚当斯把他的简妮让给美国籍水手马丁，自已另挑了一个。九个白人一夫一妻，六个土人只有一个有女人，两个土排岛人共一个妻子，其余三人共一个。他们风俗向来浪漫惯了的，因此倒也相安无事。

船过拉罗唐珈岛，这岛屿未经发现，地图上没有，但是人口稠密，不合条件。克利斯青也没敢停留太久，怕这些女人逃走。到了辟坎岛，水手琨托提前放火烧船，损失了许多宝贵的木材不及拆卸，也是怕她们乘船逃走。她们看见烧了海船，返乡无望，都大放悲声，连烧一天一夜，也哭了一天一夜。

海上行舟必须有船主,有纪律,否则危险。一上了岸,情形不同了,克利斯青非常识相，也不揽权。公议把耕地分成九份，白人每人一份，六个土人是公用的奴仆。家家丰收，鱼又多，又有带来的猪羊，大桶好酒，只有一宗不足，这岛像海外三神山一样，海拔过高，空气稀薄，虽然还不至于影响人类的生殖力，母鸡不下蛋。有一天铁匠威廉斯的妻子爬山上树收集鸟蛋，失足跌死，他非常伤恸。

爱德华杨与克利斯青的友谊渐趋慢性死亡，原因是克利斯青叛变是听了杨的话，后来越懊悔，越是怪杨，而他从一开头就已经懊悔了。在辟坎岛上，他的权力渐渐消失，常常一个人到崖顶一个山洞里坐着，遥望海面，也不知道是想家，还是瞭望军舰。其实他们在土排岛已经差点被擒——走之前一个月，有个英国船夜间路过，看见岛上灯火，如果是白天，一定会看见邦梯号停泊在那里。那时候布莱也早已抵达东南亚报案。他上山总带着枪，也许是打算死守他这“鹰巢”，那山洞确是一夫当关，万夫莫开。但是他到哪里都带着枪，似乎有一种预感。

叛变前夕他本来预备乘小筏子潜逃，没走成。黎明四点钟，另一士官司徒华来叫他换班，劝他不要逃走，简直等于自杀——有鲨鱼，而且土人势必欺他一个人。又说士兵对船长非常不满，全靠他在中间调停，“你一走了，这班人什么都干得出来。”

克利斯青到甲板上去值班，刚巧专拍船长马屁的两个士官海籁、黑吴误点未到。杨来了，也劝他逃走太危险，船上群情激愤，什么都干得出，“你不信，试试他们的心。现在正是时候，都睡着，连海籁黑吴都不在。你对你班上的人一个个去说，我们人手够了，把船拿下来。你犯不着去白冒险送命，叫布莱跟他的秘书还有海籁黑吴这四个人去坐救生艇，他还比你的小筏子安全。”说罢又下去了。

克利斯青听他这两个朋友分别劝他的话，竟不谋而合，其实司徒华的话并没有反意，但是他一夜失眠之后，脑海如沸，也不及细辨滋味。四点半，他终于决定了，用小刀割断一根测量海底深度的绳子，绳端系着铅块，下水会直沉下去。他拴在自己颈项上，铅块藏在衬衫里，准备事不成就跳海。

五点钟，他去跟琨托与马丁说，这两人刚巧在一起。琨托是水手中的激进派，立刻自告奋勇下统舱通知伙伴们。美国人马丁起初犹疑，随即答应参加。后来马丁乘乱里把手里的火枪换了只布袋，跟着船长一干人走下小船，被忠贞的木匠头子喝住：“你来干什么？”答说：“跟你们走。”被木匠大骂，琨托等听见了，怕别人效法马丁，人心动摇起来，用枪指着他，逼他回到大船上。可见马丁本不愿意，只是不敢拒绝，不然怕他走漏风声，可能马上结果了他。

其实跟这两个水手一说，就已经无可挽回了。事后克利斯青对杨冷淡了下来，杨当然也气。当时完全是为他着想，看他实在太痛苦，替他指出一条路。杨比他还小两岁，那年才二十二岁，受过高深教育，黑黑的脸，有西印度群岛血液，母方与历史上出名哀艳的苏格兰玛丽女王沾亲。二十来岁就断送了前程，不免醇酒妇人。他与亚当斯两人最与土人接近，余人认为他们俩与几个土人“换妻”。这亚当斯大概过去的历史很复杂，化名斯密斯，大家只知道他叫斯密斯。

土人的三个女人又死了一个。铁匠威廉斯丧偶后一直郁郁独处，在岛上住了一年半，去跟克利斯青说，他要用武力叫土人让个女人给他。

“你疯了——他们已经六个人只有两个女人。这一定会闹出人命来。杰克，劝你死了这条心。”克利斯青说。

威廉斯又去逐一告诉别人，都这么说，他沉默了几星期，又来恫吓恳求，大家听惯了他这一套，也不当桩事。有一天，他要求召集全体白人，当众宣称：“我走了。你们有你们的‘太峨’（土语，指好友，每人限一男一女两个），有你们的孩子，我什么都没有。我有权利离开这里。你们不肯给我一个女人，我只好到别处去找，宁可被捕，手镣脚铐回英国绞死，也不要再在这岛上待下去了。”

大家面面相觑。“你坐什么船走呢？”

“救生艇。只有这条船能出海。”

“给了你我们怎么打鱼？”白人只会驾救生艇，坐土制小船不安全。

“既然不给我女人，船应当归我。”

（按：他们是没提，打鱼还是小事，他这一出去，迟早会泄漏风声带累大家。）

克利斯青商量着说：“我们只好依杰克。”问他要哪一个女人。

“随便南西还是玛瑞娃，哪个都行。”

克利斯青拿两支小木棍子叫他抽签，一支长的代表玛瑞娃，短的代表南西。他抽中短的。

当晚南西与她的丈夫塔拉卢在他们房子里吃晚饭，看见九个白人拿着火枪走来，塔拉卢早知来意。南西本来早就想离开他，去陪伴那孤独的白人，不然她和玛瑞娃跟别的女人比起来，总觉得低一级似的。

“南西，你去跟杰克威廉斯住，他太久没有女人了。”克利斯青说。

南西点点头，塔拉卢早已跑了，就此失踪。有两个土人说他躲在岛上西头。白人从此都带着枪，结伴来往的时候多些。估计土人都不稳，只有克利斯青的男性“太峨”梅纳黎比较可靠。

隔了几天，女人们晚间在一棵榕树下各自做饭，一面唱歌谈天。绮萨贝拉与花匠勃朗的女人听见南西低唱：“这些人为什么磨斧头？好割掉白人的头。”两个女人悄悄的去告诉她们丈夫。克利斯青立即荷枪实弹，独闯土人下了工聚集的房子，除了梅纳黎都在，塔拉卢也回来了，先也怔住了，然后缓缓走过去，弯腰去拾地下最近的一把斧头。克利斯青端枪瞄准他，顿时大乱，塔拉卢与一个塔喜堤同乡夺门而出。克利斯青的枪走火，没打中，也返身逃走。

三天后，女人们在海边钓鱼，南西被她丈夫与那同乡绑架了去。克利斯青召集白人，议决塔拉卢非处死不可，派梅纳黎上山，假装同情送饭，与南西里应外合，杀了她丈夫，次日又差他诱杀另一个逃走的土排岛人。六个土人死剩四个，都慑服，但是琨托与他的朋友麦柯喝醉了常打他们。女人除了绮萨贝拉都对白人感到幻灭，这些神秘的陌生人，坐着大船来的，衣着华美，个个豪富热情，现在连澡都懒得洗，衣服早穿破了没有了，也跟土人一样赤膊，用皮带系一条短裙了，头戴一顶遮阳帽，赤脚，举止又粗鄙兽性。她们都更想家了。

一年后又有密谋，这次瞒着所有的女人与梅纳黎。土人没有枪械，但是杨与亚当斯常跟他们一同打猎，教会了他们开枪，也有时候借枪给他们打鸟、打猪——家畜都放出去自己找吃的，省得饲养，小岛上反正跑不了，要杀猪再拿枪去打死一只。这时候正是播种的季节，那天除了杨和亚当斯都下田去了。几个土人先悄没声爬行，爬到祸首威廉斯后面，脑后一枪打死。马丁听见枪声，有人问起，他猜打猪。一个土人接口喊叫道："嗳，打了个大猪！叫梅纳黎来帮着抬。"

梅纳黎去了，就被胁从，一同去杀克利斯青，也是脑后一枪毙命。麦柯知道了，飞奔去报信给绮萨贝拉，她正分娩，第三胎生了个女儿。她颀长美貌，是个酋长的女儿。克利斯青给她取这名字，因为他有个亲戚叫绮萨贝拉，英国附近有个美丽的小岛是她产业，所以也是个海岛的女主人。

麦柯与琨托同逃。九个白人杀了五个，消息已经传了出去，村中大乱。亚当斯跑回家去预备带点粮食再上山，四个土人都埋伏在他家里，但是开枪走火，被他负伤逃走。他们追到山上，忽然一个土人喊话，叫他回来，答应不伤害他，因为"杨先生叫留下你给他作伴。"

至此方才知道是杨主谋。他先还不信，但是自忖在荒山上饥寒交迫，又受了伤，迟早落到他们手里，不如冒险跟他们回去。

押着他回村，杨已经占了克利斯青的房子，女人都聚集在那里。亚当斯的妻子替他求情，土人放了他，走了。

"你为什么干这事？"他问杨，说得特别快，好让这些女人听不懂。

"反正他们自己总有一天会干出来，不如控制住爆炸。"杨说。

他大将风度，临阵不出帐篷。他指出现在女人不愁不够了，他早已看上绮萨贝拉，预备娶作二房，再加上南西；琨托与麦柯还没死，但是他们俩的女人归亚当斯。这是他鼓舞亚当斯的话，但是并没下手。

女人都在举哀，埋葬死者，土人争夺女人，杨只冷眼看着。一星期后有天晚上，梅纳黎与另一个土人提摩亚为了杨妻苏珊吃醋，大家不过在唱歌吹笛子，也并没怎样，但是梅纳黎竟杀了提摩亚，（按：可能是后者骂梅纳黎是白人走狗，侥幸饶了他一命，还要争风。）逃入山中，投奔琨托、麦柯。二人疑心有诈，又杀了梅纳黎。

杨打发苏珊给他二人送了封信去，信上说他要杀掉剩下的两个土人，他们可以回来了。二人不敢轻信，杨果然用美人计，叫花匠勃朗的寡妇勾引一个土人，预先嘱付她留神不要让他头枕在她手臂上，黑暗中差另一个女人去砍他的头。女人力弱，切不断，杨只好破例亲自出马，同夜把另一个土人也杀了。

琨托、麦柯回来了，天下太平，女人重新分过，但是她们现在不大听支配，从这张床睡到那张床上。琨托、麦柯没有土人可打，就打土女。女人们发狠造海船回乡，但是谈何容易。子女多了，救生艇坐不下，杀光了白人也还是回不去。

两个酒鬼，麦柯终于跌死了，琨托的妻子也同样坠崖而死，也不知道是否她男人推的。他索取另一个女人简妮——亚当斯的前妻，让了给马丁，马丁被杀后又收回——恫吓亚当斯与杨。他们当他疯子，合力杀了他，也心下悚然，知道再这样下去，只剩他们俩也仍旧两雄不并立。于是都戒了酒，皈依宗教。

亚当斯识字不多，叫杨教他读书。杨已经患了严重的哮喘病，杨死后他能念祈祷文，带领一群妇孺做礼拜，兼任家长与牧师。

耶稣受难日是一个星期五，复活节前从一个星期三起禁食四十日。他热心过度，误以为每星期三、星期五禁食。土女都是“大食佬”，因此一到中年都非常胖，但是对他这件虐政竟也奉行不误。

十几年后，一只美国船猎捕海狮，路过辟坎岛，亚当斯好容易遇见可谈之人，又不是英国人，不碍事，源源本本全都告诉了船长。当时美国独立战争还未结束，六年后英美战事告一段落，英国海军部才收到这船长的一封信，交给一个书记归档，就此忘怀了。

同年美国军舰在南美一带劫取英国捕鲸船，英国派了两艘军舰去远道拦截，刚巧又重新发现辟坎岛，老水手亚当斯五十多岁已经行走不便，叫几个青年搀扶上船参见长官，前事统统一本拜上。两个指挥官见他如此虔诚悔过，十分同情，代表本国海军声称不要他回国归案，尤其赏识克利斯青的长子星期五——原名星期四，因为他父亲忘了太平洋上的国际日期线，少算了一天。——这两个军官这样宽大为怀，擅自赦免叛变犯，原因想必是出事后二十多年，舆论已经代克利斯青一干人平反，连官方态度也受影响。

本世纪三〇年间通俗作家诺朵夫、霍尔合著《邦梯号三部曲》，第三部“辟坎岛”内容其实与上述大同小异，除了没有杨幕后主使一节。自序列举资料来源：老水手亚当斯的叙述，前后共四次——美国捕海狮船与英国军舰来过之后，十一年后又告知另一个英国船长毕启，此后四年，又告诉一个法国人；此后二十年，根据琨托的儿子口述，出版了一本书，又有一本是根据另一个水手米尔斯的女儿，又有毕启著书与另一本流行的小册子。直接间接全都来自亚当斯——孩子们也都是听他讲的——而各各不同。两个作者参看“一切现存的记载”，列出时间表，采用最合情理的次序，重排事件先后。他们二位似乎没看见杨主谋的版本。

亚当斯这样虔诚的教徒，照理不打谎语。如果前言不对后语，当是因为顾念亡友——杨生前也已经忏悔了——而且后来与外界接触多了点，感觉到克利斯青现在声誉之高，遗孀绮萨贝拉却曾经失身于杀夫仇人，尽管她是不知道内情——女人孩子们都不知道。可能最后两次非官方的访问，他都顾忌较多，没提杨在幕后策动。两次访问中间隔了四年，六十几岁的人记性坏，造出来的假话一定出入很大。孩子们听见的难免又有歧异。

这些洁本的内容，可以在这篇小说里看出个大概：铁匠威廉斯私通塔拉卢之妻（即南西），被自己的妻子得知，上山采集鸟蛋的时候跳崖自杀了。威廉斯想独占南西，克利斯青不允。结果争风吃醋对打，牵入其他土人白人。克利斯青为了息事宁人，不得不叫南西在二人之间选择一个，她选中威廉斯。塔拉卢企图报复未果，反被她伺机毒死，太平了一个时期，又为了分田，土人没份，沦为奴隶，克利斯青反对无效。土人起事，杀了克利斯青等五人。三女报夫仇，乘土人倦卧杀掉了几个。这样，杨的阴谋没有了，又开脱了克利斯青的责任，也没有共妻，唯一的桃色纠纷也与土人叛乱无关——最后这一点大概是诺朵夫等的贡献，将分田移后，本来一到就分，改为“最合情理的次序，重排事件先后”。没有土地才反叛，并不是白人把女人都占了去，所以是比亚当斯更彻底的洁本，但是这样一来，故事断为两截，更差劲了。

美国小说家杰姆斯·密契纳那篇散文上说：近人研究有关文件，发现克利斯青丧妻后强占土人的妻子，被本夫开枪打死。这一说与李察浩、诺朵夫等的叙述全都截然不同，显然在这一个系统之外。只有它说绮萨贝拉头胎生了个儿子之后一年就病逝。密契纳的成名作是《南太平洋故事》，此后曾经与一个“南太平洋通”合编一部写南海的散文选，又有长篇小说《夏威夷》，本人也搬到夏威夷居住多年，与夏威夷大学教授合著的这本散文集里谈邦梯案，也是近水楼台，总相当有根据，怎么会闹出张冠李戴的笑话，把铁匠的风流案栽派到克利斯青头上？这话究竟是哪里来的？

亚当斯自动向官方交代辟坎岛的一系列血案，总该是据实指杨主谋。两个军舰舰长的报告，是否在三〇年间所谓“一切现存的记载”之列？从十九世纪初叶英政府的立场看来，杨嗾使土人屠杀自己的同胞，是个“英奸”，影响白种人的威望。还有共妻，虽然只限土人之间，却是白人分派的，克利斯青脱不了关系。实际上，威廉斯有句话值得注意：“你们有你们的‘太峨’，有你们的孩子，我什么都没有。”显然他们将同居的女人视为“太峨”而不是太太。是后来的洁本顾体面，而且在荒岛上也大可不必注重形式，才径称之为妻。李察浩因之，那是按现代尊重异族妇女的观点。这才有“共妻”“换妻”耸人听闻的名目。但是就连这样，当时如果传出去也已经不成话，世外桃源成了淫窟，叛舰英名扫地。于是把那两份报告隐匿了起来，还有那美国捕海狮船长的那封信，想必也找出来对过了，证明亚当斯的自白属实，一并归入秘密档案，直到本世纪七〇年间，殖民主义衰落，才容许李察浩看到。

英国皇室子弟都入海军。爱丁堡公爵本来是希腊王族，跟他们是亲上加亲，早先也做过英国海军军官，一向对海军有兴趣，又据说喜欢改革。也许是经他支持，才打通这一关。

过去官方隐讳辟坎岛的事，或者不免有人略知一二，认为是与克利斯青有关的丑闻，传说中又稍加渲染附会，当时有这么一段记载，为近人发现——密契纳这一说，除非是这来源。

李察浩这本书号称揭穿邦梯案疑团，也确是澄清了诸人下场，却又作惊人之论，指船长大副同性恋爱，这话也说不定由来已久，密契纳那篇文章就提起他们俩关系密切，比别人亲近。也许因为那篇是第一个着眼于肇事原因的细微，所以有点疑心别有隐情，但是直到最近，同性恋在西方还是轻易不好提的。

两人年纪只相差十岁。认识那年，克利斯青二十岁，做过两年海员，托布莱太太娘家举荐，布莱回说“不列颠尼亚号”船员已经额满。克利斯青写信给他说，情愿与水手同住，学习各种劳作，唯一的要求是与士官一同吃饭。经布莱录用，把所有的航海技能都教会了他。他第二次出海，中途升作二副，大副名叫艾华慈。再下一次，布莱调任邦梯号船长，他是布莱的班底，当然跟去。出了事之后，舆论后来于布莱不利，饱受攻击，艾华慈也写信给他，骂他自己用人不当，说他们共事的时候，克利斯青在花名册上“列为炮手，但是你告诉我要把他当作士官看待。……你瞎了眼看不见他的缺点，虽然他是个偷懒的平庸的海员，你抬举他，待他像兄弟一样，什么机密事都告诉他，每隔一天在你舱房里吃午晚两餐。”在不列颠尼亚号上，他有船长的酒橱钥匙，在甲板上当值，每每叫人去拿杯酒来，吃了挡寒气。

克利斯青兄弟很多，有个哥哥爱德华跟他最亲近。他告诉他哥哥，布莱是“从来没有过这么好的教师”，不过“火性大，但是我相信我学会了怎样哄他。”

邦梯号上除了两名花匠，都是布莱一手任用的。事务长傅莱亚——其实是船长，但是海军加派军官作指挥官，位居其上，称大佐（凯普腾），所以近代船长通称凯普腾——与船医都不是他的私人，本来不认识。他规定这两个人陪他一块吃饭，但是谈不拢，闹意见，那胖医生又是个酒鬼，布莱对他非常不满。克利斯青晚间仍旧常到他舱房里谈天或吃饭。出海不到一个月，一进了大西洋，就把克利斯青提升做大副，代理少尉——布莱自己的官阶也不过是少尉，称“大佐”不过是照例对指挥官客气的称呼。——副锚缆员莫礼逊通文墨，记载这件事，认为越过傅莱亚头上，是侮辱傅莱亚。布、傅二人交恶，已经几乎不交谈，但是傅对克利斯青始终没有憎恨的表示，这是因为克利斯青并没有沾沾自喜，遇事总还是站在士兵这一边，论理他做大副经验不够，而且平时虽卖力，忧郁症一发作就怠工，不过人缘好，上上下下只有布莱的仆人不喜欢他。

出航十个月，快到塔喜堤了，布莱终于不再与傅莱亚和医生一桌吃饭，各自在舱房用膳。到了塔喜堤，医生醉死了。布莱在塔喜堤极力结交王室，国王划出一块地，给他们种植面包果，预备装盆带走，布莱派克利斯青带人保护花房，在果园旁高坡上搭起帐篷，都有女人同居。克利斯青结识绮萨贝拉前也滥交，染上了性病。

布莱住在船上，也匀出一半时间与国王同住，常请国王王后上船吃饭。他逐日记下当地风俗，盛赞塔喜堤是世界第一好地方，只不赞成有些淫舞陋俗与男色公开。

他是跟大探险家库克大佐（Captain Cook）起家的。库克在南太平洋这些岛上为了顾到自己身分，不近女色，土人奉若神明。布莱也照办，不免眼红下属的艳福。有五个多月之久，他不大看见克利斯青，见了面就骂，几次当着国王与王室——都是最注重面子与地位的——还有一次当着克利斯青的男性“太峨”，并且告诉他克利斯青并不是副指挥官，不过是士兵。——这些青年士官都是见习军官，只算士兵，比水手高一级，犯规也可以鞭笞。克利斯青的代理少尉，倒是一回去就实授，如果一路平安无事。

自从离开塔喜堤，布莱显然心理不正常，物质上的占有欲高达疯狂程度。路过一岛，停泊汲水，五爪铁钩被土人抢去，船上备而不用的还有好几只，但是布莱小题大作，效法库克当年常用的扣人勒赎之计，把五个酋长留在船上，索取铁钩。回说是另一个岛上的人拿的，早已驾舟远飏。相持不下，布莱开船把五个人带走，许多小舟号哭跟随，跟到晚上，只剩一只小船，船上都是女人，哭着用刀戳自己，满头满身长血直流，也不知道是“哀毁”还是自明心迹。布莱终于只得放酋长们下小船，五个人都感泣，轮流拥抱他。他自以为结交了几个一辈子的朋友，莫礼逊记载这件事，却认为他们是忍辱，无法报复，下次再有船来，如果人少会吃他们的亏。

大家买椰子，布莱买了几千只堆在甲板上。“你看这堆椰子是不是矮了？”他问傅莱亚。

“也许是水手来来往往踩塌了。”傅莱亚说。

布莱查问，克利斯青承认他吃了一只。

“你这狗！你偷了一半，还说一只！”召集全体员工大骂，罚扣口粮，主食芋头只发一半，再偷再扣一半。

一向拿傅莱亚与木匠头子出气，离开塔喜堤后换了克利斯青。当天下午在甲板上遇见，又骂了一顿。木匠头子后来看见克利斯青在流泪，知道他不是娘娘腔的人，问他怎么了。

“你还问，你没听见说怎样对待我？”

“待我不也是一样。”

“你有保障(指他是正规海军人员)。我要是像你一样对他说话，会吃鞭子。如果打我一顿，两个人都是个死——我抱着他跳海。”

“好在没多少时候了。”木匠头子劝他。

“等到船过努力峡（澳洲边缘海峡，地势险恶，是航海的一个难关），船上一定像地狱一样。”

又有人在旁边听见他二人谈话，听见克利斯青说：“情愿死一万次，这种待遇不能再受下去。”“不是人受得了的。”

当晚布莱气平了，却又差人请克利斯青吃饭，他回掉了。天明起事，士官中有个海五德，才十六岁，吓呆了坐在自己舱房里，没跟着走，后来克利斯青把他们几个中立份子送到塔喜堤，与海五德家里是世交，临别托他给家里带信，细述出事经过，又秘密告诉他一些话，大概是嘱咐他转告兄长爱德华，但是这话海五德并没给他带到，也从未对任何人说过。

托带的秘密口信不会是关于性病——船上差不多有一半人都是新得了性病，而且容易治。李察浩认为是告诉他哥哥他与船长同性恋，在塔喜堤妒忌他有了异性恋人，屡次当众辱骂，伤了感情，倒了胃口，上路后又一再找碴子逼迫于他，激变情有可原。照这样说来，叛变前夕请吃晚饭，是打算重拾坠欢。

十八世纪英国海军男风特盛，因为论千的拉伕，鱼龙混杂。男色与兽奸同等，都叛死刑，但是需要有证人，拿得出证据，这一点很难办到，所以不大有闹上法庭的。但是有很多罪名较轻的案件，自少尉、大副、代理事务长以下，都有被控“非礼”、“企图鸡奸”的。

海五德是邦梯号上第二个宠儿。他是个世家子，美少年，在家里父母姊妹们将他当个活宝捧着。布莱在船上给他父亲去信报告他的成绩，也大夸这孩子，“我像个父亲一样待他，……他一举一动都使我愉快满意。”叛变那天他没露面，两个士官海籁、黑吴下去拿行李，见他一个人坐着发怔，叫他赶紧一块跟船长走，没等他回答，先上去了，结果他并没来。布莱回到英国，海五德的父亲刚逝世，新寡的母亲写信给布莱，回信骂她儿子“卑鄙得无法形容。”此后海五德在塔喜堤当作叛党被捕回国，家里托人向他问明底细，极力营救。海五德经过慎重考虑，没替克利斯青秘密传话，因为怕牵涉到自己身上，而且指控布莱犯了男色，需要人证物证，诬告也罪名差不多一样严重。

以上是男色之说的根据。

克利斯青第一次跟布莱的船出去，船上的大副说他“非常喜欢女人。对于女人，他是我这辈子见过的最傻的年轻人之一。”可见他到处留情而又痴心，性心理绝对正常。闹同性恋除非是旅途寂寞？李察浩肯定他与布莱有“深邃热情的关系”，相从四年，也就爱上了布莱四年。但是他对哥哥给布莱下的评语：“……火性大，但是我相信我学会了怎样哄他。”显然不过是敷衍上司。

布莱谴责塔喜堤人公然同性恋爱，当然可能是假道学。好男风的人为社会所不容，往往照样娶妻生子，作为掩蔽。再看他的婚姻史：他父亲在海关做事，他在学校里功课很好，但是立志加入海军，先做水手，靠画地图的专长，很快的窜了起来，算是出身行伍。他认识了一个富家女，到海上去了两年回来才向她求婚，订了婚一个短时期就结婚，两人同年二十六岁。他喜欢享受家庭之乐。太太不怎么美，但是很活泼，有张画像，一副有说有笑的样子。布莱在画像上是个半秃的胖子，却也堂堂一表，只是酸溜溜的带着嘲笑的神气。

他太太既帮夫又健笔，老是给娘家有势力的亲戚写信代他辩护，写了一辈子。他老先生的是非特别多，远在邦梯案十年前，婚前跟库克大佐出去，就出过岔子。

那次航行，库克发现了夏威夷。当时夏威夷人口过剩，已经很紧张，被他带了两只大船来，耽搁了些时，把地方上吃穷了。国王与众酋长表面上十分周到，临行又送了大批猪只粮食。出海刚巧遇到风暴，两只船都损坏了，又没有好的港口可停泊，只好折回。夏威夷人疑心他们去而复回不怀好意，于是态度突变，当天已经连偷带抢，但是国王仍旧上船敷衍慰问，次晨发现一只大救生艇失窃，库克立即率领海军陆战队，去接国王上船留作人质，等交回救生艇再释放。又派布莱与李克门少尉巡逻港口，防止船只外逃，有企图出海的“赶他们上岸。”开火与否大概相机行事。

库克上岸，沿途村人依旧跪拜如仪。问国王何在，便有人引了两个王子来，带领他们到一座小屋门前，肥胖的老王刚睡醒，显然不知道偷救生艇的事。邀请上船，立即应允。正簇拥着步行前往，忽闻海湾中两处传来枪声，接着大船开炮。一时人心惶惶，都拾石头，取枪矛，穿上席甲，很快的聚上三千人左右。一路上不再有人叩首，都疑心是劫驾。

海军陆战队拦不住，人丛中突然有个女人冲了出来，站在国王面前哭求不要上船，是一个宠妃。两个酋长逼着国王在地下坐下来。老王至此也十分忧恐，库克只好丢下他，群众方才让他们通过。将到海滩，忽有土人的快船来报信，说海湾里枪炮打死了人。原来是布莱开枪追赶一只船，大船上发炮是掩护他。李克门因也下令开枪，打死了一个酋长。当下群情愤激，围攻库克一行人，前仆后继，库克被小刀戳死，跟去的一个少尉仅以身免。另一个少尉在海边接应，怯懦不前，反而把船退远了些。但是事后追究责任，大家都知道是最初几枪坏事。如果不是布莱先开枪，李克门比他还更年轻，绝对不会擅自开枪。布莱不但资格较老，做库克的副手也已经两年了。金少尉继任指挥，写报告只归罪于土人，但是后来著书记载大名鼎鼎的库克之死，写开枪“使事件急转直下，是致命的一着。”这书布莱也有一本，在书页边缘上手批：“李克门开火，打死了一个人，但是消息传到的时候，攻击已经完毕。”不提自己，而且个个都批评。

那次是他急于有所表现，把长官的一条命送在他手里，侥幸并没有影响事业。十年后出了邦梯案，不该不分轻重都告在里面，结果逮回来的十个人被控诉，只绞死三个。海五德案子一了，他家里就反攻复仇，布莱很受打击。又有克利斯青的哥哥爱德华代弟弟洗刷。克利斯青与大诗人威治威斯先后同学，爱德华一度在这学校教书，教过威治威斯。威治威斯说他是个“非常非常聪明的人。”爱德华访问所有邦梯号生还的人，访问记出了本小册子，比法庭上的口供更详尽。布莱二次取面包果回来，又再重新访问这些人，也出小册子打笔墨官司。但是他的椰子公案已经传为笑柄。上次丢了船回来倒反而大出风头，这次移植面包果完成使命回来，竟赋闲在家一年半，拿半俸，家里孩子多，支持不了。

此后两次与下属涉讼，都很失面子，因为不是名案，外界不大知道。他太太不断写信代为申辩。晚年到澳洲做州长，她得了怔忡之疾，不能同去。“甜酒之乱”他被下属拘禁两年，回国后还需要上法庭对质，胜诉后年方六十就退休了，但是一场官司拖得很久，她已经忧煎过度病卒。他这位太太显然不是单性人用来装幌子的可怜虫。她除了代他不平，似乎唯一遗憾是只有六个女儿，两个患痴呆症，一个男双胞胎早夭。

布莱的身后名越来越坏，直到本世纪三〇年间上银幕，却尔斯劳顿漫画性的演出引起一种反激作用，倒又有人发掘出他的好处来。邦梯号绕过南美洲鞋尖的时候，是英国海军部官场习气，延误行期，久不批准，所以气候坏，刚赶上接连几星期的大风暴，惊险万分。全亏布莱调度有方，鼓励士气无微不至，船上每层都生火，烤干湿衣服，发下滚热的麦片与冲水的酒，病倒的尽可能让他们休息，大家也都齐心。他一向讲究卫生，好洁成癖，在航行日录上写道："他们非得要人看着，像带孩子一样。"不管天气冷热，刮风下雨，每天下午五时至八时全体在甲板上强迫跳舞，活动血脉，特地带了个音乐师来拉提琴。在艰苦的旅程中，他自矜一个水手也没死，后来酗酒的医生过失杀人，死掉一个，玷污了他的纪录，十分痛心。

船到塔喜堤之前，他叫医生检查过全体船员，都没有性病。此后克利斯青在塔喜堤也传染上了，有洁癖的布莱还苦苦逼他重温旧梦？这是同性恋之说的疑窦之一。

邦梯号上的见习士官全都是请托介绍来的，清一色的少爷班子，多数是布莱妻党的来头，如海五德是他丈人好友之子，海籁是他太太女友的弟弟。他这样一个精明苛刻的能员，却冒险起用这一批毫无经验的公子哥儿，当然是为了培植关系，早年吃够了乏人援引的亏。连克利斯青在内，他似乎家境不如门第，但也是托布莱丈人家举荐的，论经验也不堪重用。布莱这样热中的人，靠裙带风光收了几个得力门生，竟把来权充娈童，还胆敢隐隐约约向孩子的父亲夸耀，未免太不近情理。书中不止一次引他给海五德父亲信上那句话作证："他一举一动都使我愉快满意"，是想到歪里去了。

至于克利斯青秘密托海五德传话，如果不是关于同性恋，是说什么？他这么一个多情公子，二十二三岁最后一次离开英国之前，恋爱史未见得是一张白纸，极可能有秘密婚约之类的事。现在知道永远不能回国了，也许有未了的事，需要托他哥哥爱德华。事涉闺阁，为保全对方名誉起见，爱德华根本否认海五德带过秘密口信给他，海五德也不辩白，因此别人都以为是他把话给吃掉了。

当然这都是揣测之词。说没有同性恋，也跟说有一样，都不过是理论。要证据只有向叛变那一场的对白中去找，因为那时候布莱与克利斯青当众争论三小时之久，众目睽睽之下，他二人又都不是训练有素的雄辩家，律师或是名演员。如果两人之间有点什么暧昧，在这生死关头，气急败坏，难免流露出来。若问兵变不比竞选，怎有公开辩论的余裕，这场戏根本紊乱散漫而又异样，非但不像传奇剧，还有点闹剧化。布莱被唤醒押到甲板上，只穿着件长衬衫——也就是短睡袍——两手倒剪在背后绑着，匆忙中把衬衫后襟也缚在里面，露出屁股来。克利斯青一直手里牵着这根绳子，另一只手持枪，上了刺刀。有时候一面说话，放下绳子，按着布莱的肩膀，亲密的站在一起，像两尊并立的雕像。

起先他用刺刀吓噤布莱："闭嘴！你一开口就死了。"但是不久双方都抗议，轮流嚷一通。邱吉尔等两个最激烈的船员也发言，逐个发泄一顿。话说多了口干，三心两意的美国人马丁竟去剥了一只柚子，喂给布莱吃。

克利斯青也觉口渴，叫布莱的仆人下船去到船长舱房里多拿几瓶甜酒来，所有武装的人都有份。又吩咐"把船长的衣服也带上来。"仆人下去之前先把布莱的衬衫后襟拉了出来。（按：大概因为听上去预备让他穿着齐整，知道代为整衣无碍。）

布莱希望他们喝醉了好乘机反攻，不然索性酒后性起杀了他。但是并没醉。原定把他放逐到附近一个岛上，小救生艇蛀穿了底，一下水就沉了，克利斯青只得下令放下一只中号的，费了四十分钟才放下去。晨七时，这才知道有不止二十个人要跟布莱走。对于克利斯青是个大打击，知道他错估了大家的情绪。如果硬留着不放，怕他们来个“反叛变”。不留，船上人手不够，而且这只救生艇至多坐十个人。锚缆员与木匠头子力争，要最大的一只。杨自从一开始代他划策后就没露面，这时候忽然出现了一刹那，拿着枪，上了刺刀，示意叫他应允。他把那只大的给了他们。

他的一种矛盾的心情简直像哈姆雷特王子。邱吉尔想得周到，预先把木匠头子的工具箱搬到甲板上，防他私自夹带出去，不料他问克利斯青要这箱子，竟给了他。邱吉尔跟下小船去抢回来。琨托靠在栏杆上探身出去叫喊：“给了他，他们一个月内就可以造出一只大船。”救生艇上一阵挣扎，被邱吉尔打开箱子，夺过几件重要的工具，扔给琨托。

他这里往上抛，又有人往下丢。守中立的莫礼逊掷下一根缆绳，一只铁钩，又帮着锚缆员柯尔把一桶食水搬下小船，临行又把牛肉猪肉在船栏杆上扔下去。柯尔拿了只指南针，琨托拦阻道：“陆地看都看得见，要指南针做什么？”另一个最凶横的水手柏凯特竟做主让他拿去了。作者李察浩认为是故意卖人情，万一被捕希望减罪。走的人忙着搬行李粮食，都叫叛党帮忙，临了倒有一半人热心帮助扛抬，仿佛讨好似的。是否都是预先伸后腿，还是也于心不忍？跟这些人又无仇无怨，东西总要给他们带足了，活命的希望较大。

只有琨托与邱吉尔阻止他们带枪械地图文件。克利斯青也挥舞着刺刀叫喊："什么都不许拿走！"没有人理睬。最后柯尔用一只表、一只口哨换了四把刀防身。

青年盲乐师白恩还坐在中号救生艇里，也没有人通知他换了大号的。只听见乱哄哄的，也不知道怎么了，他一个人坐在那里哭。

克利斯青在布莱旁边已经站了快三小时，面部表情痛苦得好几个人都以为他随时可以自杀，布莱也是这样想。

傅莱亚等几个禁闭在自己舱房里的人员都带上来了。布莱手腕上的绳子已经解开，许多人簇拥着赶他下船。他还没走到跳板就站住了，最后一次恳求克利斯青再考虑一下，他用荣誉担保，永远把这件事置之度外。

"我家里有老婆，有四个孩子，你也抱过我的孩子。"他又说。

"已经太晚了。我这些时都痛苦到极点。"

"不太晚，还来得及。"

"不，布莱船长，你但凡有点荣誉观念，事情也不至于闹到这地步。是你自己不顾老婆孩子。"

叛党与忠贞份子听得不耐烦起来，他们俩依旧长谈下去。

"难道就没有别的办法？"布莱说。

柯尔插嘴解劝，克利斯青回答他："不，我上两个星期一直都痛苦到极点，我决定不再受这罪。你知道这次出来布莱船长一直把我当只狗一样。"

"我知道，我们都知道，可是你罢手了吧，看在上帝份上！"

有这么一秒钟，琨托、邱吉尔都怕克利斯青真会软化——他已经一再让步，自愿把小船拖到岛上。

傅莱亚也恳求，建议把布莱手镣脚铐看管起来，改由克利斯青做指挥官。琨托、邱吉尔最怕这种妥协办法，大呼小叫把声音盖了下去。傅莱亚一直打算伺机收复这条船，起先就想跟布莱一同挑拨群众反攻，克利斯青怕他捣乱，把他关在舱房里，他又要求看守让他到炮手舱中谈话，叫他拒绝跟船长坐小船走。

“那岂不是把我们当海盗办？”

傅莱亚主张囚禁布莱，由克利斯青接任，也还是他那条诈降之计。神出鬼没的杨，永远是在紧要关头惊鸿一瞥，此刻又出现了，拿着枪。

“杨先生，这不是闹着玩的。”布莱说。

“报告船长：饿肚子不是闹着玩的。我希望你今天也吃够了苦头。”杨在叛变中一共只说了这两句话。

大号救生艇已经坐满了人。克利斯青又指名叫回三个人，一个修理枪械的，两个小木匠，少了他们不行，职位较高的又不放心。三人只得又走上跳板。

“反正已经坐不下了，”布莱安慰他们，“小子，别怕，我只要有一天回到英国，我会替你们说话。”

傅莱亚要求让他也留下来，布莱也叫他不要走，但是克利斯青硬逼着他下去。

布莱最后向克利斯青说：“你这样对待我，还报我从前对你的友谊，你认为是应当的？”

克利斯青感到困扰，脸上看得出犹疑的神气。“这——布莱船长——就是啰！就是这一点——我实在痛苦——。”

布莱知道再也没有别的话可说，默然下船。

这最后两句对白值得玩味。如果他们有过同性恋关系，布莱又还想利用职权逼他重温旧梦，他还会感念旧恩？早已抵销了。书中在他回答之前加上一段心理描写：他困惑，因为报复的代价太高，同船友伴极可能死掉一半，另一半也永远成了亡命者，但是底下答覆的语气分明是对布莱负疚，扯不到别人身上。李察浩似乎也觉得这一节对白证明他们没有同性恋，推翻了他的理论，因此不得不加以曲解。

撇开同性恋，这本书其实把事件的来由已经解释得相当清楚。叛变与事后自相残杀同是杨唆使。书中称为“这阴暗的人物”，只是一个黑色剪影。他是这批人里面唯一的一个青年知识份子，在辟坎岛上把能记忆的书全都写了下来。近代名著《凯英号叛变》里面也有个类似的角色，影片中由弗莱·麦克茂莱演，是个文艺青年，在战舰上任职，私下从事写作。大家背后抱怨船长神经病，他煽动这些青年军官中职位最高的一个——范强生饰——鼓励他叛变，后来在军事法庭上受审，竟推得干干净净。这本书虽然是套邦梯案，比李察浩的书早二十年，不会知道杨的事，纯是巧合，不过是讽刺知识份子夸夸其谈，不负责任。杨比他复杂，为了朋友，把自己也葬送在里面，后来也是因为失去了这份友谊而衔恨。不知道是否与他的西印度血液受歧视有关？

叛变固然是杨的主意，在这之前克利斯青已经准备逃亡。问题依旧是他与布莱之间的局面，何至于此？

这条船特别挤，船身不到九丈长，中舱全部辟作花房，因为盆栽的面包果树溅上一滴海水就会枯萎。剩下地方不多，挤上差不多五十个人。现代港台一带的机帆船也许有时候更挤，但是航程短，大概只有潜水艇与太空船上的情形可以比拟。布莱唠叨，在这狭小的空间内被他找上了，真可以把人嘀咕疯了。

克利斯青人缘奇佳，布莱一向不得人心，跟库克的时候也就寡言笑，三句不离本行。同性的朋友也往往是“异性相吸”，个性相反相成。布莱规定傅莱亚与医生跟他一桌吃饭，显然也需要年纪较大、阅历深些的人作伴，无奈他实在跟人合不来，非得要像克利斯青这样的圆融的青年迎合着他，因此师徒关系在他特别重要。当然也是克利斯青能吃苦，粗细一把抓，没有公子哥儿习气，他自己行伍出身的人，自然另眼看待。但是邦梯号一出大西洋就破格提升，李察浩认为是他们这时候发生了更进一层的关系，其实是针对傅莱亚。如莫礼逊札记中所说，越过傅莱亚头上，是一种侮辱。

一到塔喜堤，布莱什么都交给下属，也不去查考——也许是避免与他们那些女人接触——连救生艇蛀穿了也直到叛变那天才发觉。他非常欣赏当地的女人，而一人向隅，看不得大家狂欢半年，一上船就收拾他们。对克利斯青却是在塔喜堤就骂，想必因为是他的人，所以更气他。克利斯青“爬得高跌得重”，分外羞愤。恩怨之间本来是微妙的，很容易就一翻身倒了个过。至于有没有同性恋的暗流，那又是一回事，即有也是双方都不自觉的。

三〇年间诺朵夫等二人写《叛舰喋血记》，叛逆性没有现在时髦，所以替克利斯青掩饰，再三声明他原意只是把布莱手镣脚铐押送回国法办。“手镣脚铐”是傅莱亚提出的处置布莱的办法，但是当然没有建议克利斯青送他回国自投罗网。改为克利斯青的主张，把他改成了个浑小子，脑筋不清楚。

这本书最大的改动是加上一个虚构的白颜，用他作第一人称，篇幅也是他占得最多，是主角身分，不仅是叙述者。历史小说用虚构的人物作主角，此后又有《永远的琥珀》，但那是公认为低级趣味的，而《叛舰喋血记》在通俗作品中评价很高。自序里说明白颜是根据海五德创造的。海五德为什么不合适，没提，当然是因为他在事变中态度暧昧，理由是年幼没经过事。他十六岁，但是很聪明，后来在塔喜堤住了两年，还编字典。那天的短暂痴呆症似是剧烈的内心斗争，暂时瘫痪了意志。也许是想参加叛变而有顾虑，至少希望置身事外。

白颜就完全是冤狱，本来是跟布莱走的，不过下去理行李的时候，想抓住机会打倒看守夺枪，所以来迟一步，救生艇已经坐满了人。布莱叫他不要下船，答应回国代为分说。这是借用其他三个人的事，小木匠等三人已经上了小船又被克利斯青唤回。被唤回是没办法，换了迟到的人，布莱多少有点疑心，不会自动答应代为洗刷，而又食言。

两位作者为了补这漏洞，又加上事变前夕布莱恰巧听见白颜与克利斯青在甲板上谈话，又偏只听见最后一句“那我们一言为定”，事后思量，误以为是约定谋反，因此回国后不履行诺言，将白颜列入叛党内。叛变两章根据在场诸人口述，写得生龙活虎，只有这一段是败笔，异常拙劣牵强。

我看的是普及本，没有序，所以直到最近看见李察浩的书，船员名单上没有白颜，才知道原来没有这个人。这才恍然大悟，为什么所有白颜正传的部份都特别沉闷乏味：寡母请吃饭，初见布莱；母子家园玫瑰丛中散步谈心；案发后，布莱一封信气死了美而慧的母亲；出狱回家，形单影只，感慨万千，都看得人昏昏欲睡。

邦梯号上人才济济，还有个现成的叙述者莫礼逊，许多史料都来自他的札记。他约有三十多岁，在水手中算老兵了，留着长长的黑发。傅莱亚显然信任他，一出事就跟他商量“反叛变”，他根据常识回答：“已经太晚了。”但是他第一个动手帮助船长一行人，向救生艇上投掷器材食物，扛抬食水。那天他的客观冷静大胆，简直像个现代派去的观察者。在法庭上虽然不像海五德有人撑腰，两人都应对得当，判绞获赦。但是在小说家看来，这些人统不合格，必须另外编造一个定做的小纸人，为安全便利起见，长篇大论写他，都是任谁也无法反对的事，例如把海五德年纪加大三岁，到了公认可以谈恋爱的年龄，不至于辜负南海风光，使读者失望。但是就连这场恋爱也无味到极点，只够向当时美国社会各方都打招呼，面面俱到。船员中只有他与塔喜堤女人结婚，而他这样母子相依为命，有没有顾虑到母亲是否赞成，竟一字不提。虽然是土俗婚礼，法律上不生效，也并没有另外结婚，而她也识相，按照电影与通俗小说中土女与东方女性的不成文法，及时死去，免得偕同回国害他为难。他二十年后才有机会回塔喜堤，听见说她早已亡故，遗下他的一个女儿，就是那边走来的一个高大的少妇，抱着孩子。一时百感交集，没认女儿外孙，怕受不了——也避免使有些读者起反感。一段极尽扭捏之致。

不过是一本过时的美国畅销书，老是锲而不舍的细评起来，迹近无聊。原因是大家都熟悉这题材，把史实搞清楚之后，可以看出这部小说是怎样改，为什么改，可见它的成功不是偶然的。同时可以看出原有的故事本身有一种活力，为了要普遍的被接受，而削足适履。它这一点非常典型性，不仅代表通俗小说，也不限西方。

续集《辟坎岛》没有另起炉灶换个虚构的主角，就不行。虽然口口声声称绮萨贝拉为克利斯青太太——大概是依照亚当斯晚年的洁本的口吻——言语举止也使人绝对不能想像她跳草裙舞，但还是改得不够彻底，还有这样的句子：克利斯青反对威廉斯独占土人妻，建议另想办法，说："你难道没有个朋友肯跟你共他的女人？"令人失笑。并不是诺朵夫等只会写男童故事；二人合著的南太平洋罗曼史还有《飓风》，写早期澳洲的有《植物学湾》，制成影片都是卖座的名片。辟坎岛的故事苦于太不罗曼蒂克，又自有一种生命力，驾驭不了它。在李察浩书中这故事返璞归真，简直可能是原子时代大破坏后，被隔离的一个小集团，在真空中，社会制度很快的一一都崩溃了，退化到有些兽类社团的阶段，只能有一个强大的雄性，其余的雄性限未成年的。辟坎岛人最后靠宗教得救，也还是剩下的唯一的一个强大的雄性制定的。

近来又出了部小说《再会，克利斯青先生！》写布莱垂涎海五德，妒忌克利斯青与海五德同性恋爱。辟坎岛上土人起事，克利斯青重伤未死，逃了出来，多年后一度冒险回英国，在街上重逢海五德，没有招呼。此后仍旧潜返辟坎岛与妻儿团聚，在他常去的崖顶山洞里独住，不大有人知道。男色是热门题材，西方最后的一只禁果，离《叛舰喋血记》的时代很远了，书也半斤八两，似乎销路也不错。虽然同是英国出版，作者显然没有来得及看见李察浩的书。

佛洛依德的大弟子荣（Jung）给他的信上谈心理分析，说有个病例完全像易卜生的一出戏，又说："凡是能正式分析的病都有一种美，审美学上的美感。"——见《佛洛依德、荣通信集》，威廉麦桧（McGuire）编——这并不是病态美，他这样说，不过因为他最深知精神病人的历史。别的生老病死，一切人的事也都有这种美，只有最好的艺术品能比。

＊初载一九七五年九月一日《中国时报·人间》，收入《张看》。

张看自序

珍珠港事变两年前，我同炎樱刚进港大，有一天她说她父亲有个老朋友请她看电影，叫我一块去。我先说不去，她再三说：“没什么，不过是我父亲从前的一个老朋友，生意上也有来往的。打电话来说听见摩希甸的女儿来了，一定要见见。”单独请看电影，似乎无论中外都觉得不合适。也许旧式印度人根本不和女性来往，所以没有这些讲究。也许还把她当小孩看待。是否因此要我陪着去，我也没问。

是中环一家电影院，香港这一个类型的古旧建筑物有点像影片中的早期澳洲式，有一种阴暗污秽大而无当的感觉，相形之下街道相当狭窄拥挤。大广告牌上画的仿佛是流血的大场面，乌七八糟，反正不是想看的片子，也目不暇给。门口已经有人迎了上来，高大的五十多岁的人，但是瘦得只剩下个框子。穿着一套泛黄的白西装，一二十年前流行，那时候已经绝迹了的。整个像毛姆小说里流落远东或南太平洋的西方人，肤色与白头发全都是泛黄的脏白色，只有一双缠满了血丝的麻黄大眼睛像印度人。

炎樱替我介绍，说：“希望你不介意她陪我来。”不料他忽然露出非常窘的神气，从口袋里掏出两张戏票向她手里一塞，只咕哝了一声“你们进去，”匆匆的就往外走。

“不不，我们去补张票，你不要走，”炎樱连忙说，“潘那矶先生！不要走！”

我还不懂是怎么回事。他只摆了摆手，临走又想起了什么，把手里一只纸包又往她手里一塞。

她都有点不好意思，微笑低声解释：“他带的钱只够买两张票。”打开纸包，见是两块浸透加糖鸡蛋的煎面包，用花花绿绿半透明的面包包装纸包着，外面的黄纸袋还渗出油渍来。

我们只好进去。是楼上的票，最便宜的最后几排。老式电影院，楼上既大又坡斜得厉害，真还没看见过这样险陡的角度。在昏黄的灯光中，跟着领票员爬山越岭上去，狭窄的梯级走道，钉着麻袋式棕草地毯。往下一看，密密麻麻的楼座扇形展开，“地陷东南”似的倾塌下去。下缘一线栏杆拦住，悬空吊在更低的远景上，使人头晕。坐了下来都怕跌下去，要抓住座位扶手。开映后，银幕奇小，看不清楚，听都听不大见。在黑暗中她递了块煎面包给我，拿在手里怕衣裳上沾上油，就吃起来，味道不错，但是吃着很不是味。吃完了，又忍耐着看了会电影，都说：“走吧，不看了。”

她告诉我那是个帕西人（Parsee）——祖籍波斯的印度拜火教徒——从前生意做得很大。她小时候住在香港，有个麦唐纳太太，本来是广东人家养女，先跟了个印度人，第三次与人同居是个苏格兰人麦唐纳，所以自称麦唐纳太太，有许多孩子。跟这帕西人也认识，常跟他闹着要给他做媒，又硬要把大女儿嫁给他。他也是喜欢宓妮，那时候宓妮十五岁，在学校读书，不肯答应。她母亲骑在她身上打，硬逼着嫁了过去，二十二岁就离婚，有一个儿子，不给他，也不让见面。他就喜欢这儿子，从此做生意倒楣，越来越蚀本。宓妮在洋行做事，儿子有十九岁了，跟她像姊妹兄弟一样。

有一天宓妮请炎樱吃饭，她又叫我一块去。在一个广东茶楼午餐，第一次吃到菊花茶，搁糖。宓妮看上去二三十岁，穿着洋服，中等身材，体态轻盈，有点深目高鼻，薄嘴唇，非常像我母亲。一顿饭吃完了，还是觉得像。炎樱见过我母亲，我后来问她是不是像，她也说“是同一个典型，”大概没有我觉得像。

我母亲也是被迫结婚的，也是一有了可能就离了婚。我从小一直听见人说她像外国人，头发也不大黑，肤色不白，像拉丁民族。她们家是明朝从广东搬到湖南的，但是一直守旧，看来连娶妾也不会娶混血儿。我弟弟像她，除了白。中国人那样的也有，似乎华南之外还有华东沿海一直北上，还有西北西南。这本集子里《谈看书》，大看人种学，尤其是史前白种人在远东的踪迹，也就是纳罕多年的结果。

港战后我同炎樱都回到上海，在她家里见到麦唐纳太太，也早已搬到上海来了，仿佛听说囤货做点生意。她生得高头大马，长方脸薄施脂粉，穿着件小花布连衫裙，腰身粗了也仍旧坚实，倒像有一种爽利的英国女人，唯一的东方风味是漆黑的头发光溜溜梳个小扁髻，真看不出是六十多岁的人。有时候有点什么事托炎樱的父亲，嗓音微哑，有说有笑的，眼睛一眯，还带点调情的意味。

炎樱说宓妮再婚，嫁了她儿子的一个朋友汤尼，年纪比她小，三个人在一起非常快乐。我看见他们三个人在一个公众游泳池的小照片，两个青年都比较像中国人。我没问，但是汤尼总也是他们这第三世界的人——在中国的欧美人与中国人之外的一切杂七咕咚的人，白俄又在外。

麦唐纳太太母女与那帕西人的故事在我脑子里也潜伏浸润了好几年，怎么写得那么糟，写了半天还没写到最初给我印象很深的电影院的一小场戏，已经写不下去，只好自动腰斩。同一时期又有一篇《创世纪》写我的祖姨母，只记得比《连环套》更坏。她的孙女与耀球恋爱，大概没有发展下去，预备怎样，当时都还不知道，一点影子都没有，在我这专门爱写详细大纲的人，也是破天荒。自己也知道不行，也腰斩了。战后出《传奇》增订本，没收这两篇。从大陆出来，也没带出来，再也没想到三十年后阴魂不散，会又使我不得不在这里作交代。

去年唐文标教授在加州一个大学图书馆里发现四〇年间上海的一些旧杂志，上面刊有我这两篇未完的小说与一篇短文，影印了下来，来信征求我的同意重新发表。内中那篇短文《姑姑语录》是我忘了收入散文集《流言》。那两篇小说三十年不见，也都不记得了，只知道坏。非常头痛，踌躇了几星期后，与唐教授通了几次信，听口气绝对不可能先寄这些影印的材料给我过目一下。明知这等于古墓里掘出的东西，一经出土，迟早会面世，我最关心的是那两个半截小说被当作完整的近著发表，不如表示同意，还可以有机会解释一下。因此我同意唐教授将这些材料寄出去，刊物由他决定。一方面我写了一段简短的前言，说明这两篇小说未完的原因，《幼狮文艺》登在《连环套》前面。《文季》刊出《创世纪》后也没有寄一本给我，最近才看到，前面也有删节了的这篇前言。

《幼狮文艺》寄《连环套》清样来让我自己校一次，三十年不见，尽管自以为坏，也没想到这样恶劣，通篇胡扯，不禁骇笑。一路看下去，不由得一直龇牙咧嘴做鬼脸，皱着眉咬着牙笑，从齿缝里迸出一声拖长的“Eeeeee！”（用“噫”会被误认为叹息，“咦”

又像惊讶,都不对)连牙齿都寒飕飕起来,这才尝到“齿冷”的滋味。看到霓喜去支店探望店伙情人一节，以为行文至此，总有个甚么目的，看完了诧异的对自己说：“就这样算了？”要想探测写这一段的时候的脑筋，竟格格不入进不去，一片空白，感到一丝恐怖。当时也是因为编辑拉稿，前一个时期又多产。各人情形不同，不敢说是多产的教训，不过对于我是个教训。这些年来没写出更多的《连环套》，始终自视为消极的成绩。

这两篇东西重新出现后，本来绝对不想收入集子，听见说盗印在即，不得已还是自己出书，至少可以写篇序说明这两篇小说未完，是怎么回事。抢救下两件破烂，也实在啼笑皆非。

* 初载一九七六年二月十日台北《联合报》副刊，收入《张看》。

论写作天才梦附记

以上两篇“少作”近来又陆续出土了。因为有些读者没有看见过，觉得应当收入这本集子，但是已经排印，只好赘在后面。原是按时序排列的，这一来秩序大乱。好在本来是个杂拌。

又，《我的天才梦》获《西风》杂志征文第十三名名誉奖。征文限定字数，所以这篇文字极力压缩，刚在这数目内，但是第一名长好几倍。并不是我几十年后还在斤斤较量，不过因为影响这篇东西的内容与可信性，不得不提一声。

* 收入《张看》。

关于笑声泪痕

久已听见说香港有个冒我的名写的小说《笑声泪痕》，也从来没想到找来看。前些时终于收到友人寄来一本，甚至于也还是搁在那里两个月都懒得看。骂我的书特意寄赠一册，也只略翻了翻，就堆在一叠旧杂志上，等以后搬家的时候一并清除。倒不是怕看，是真的不感兴趣。并不是我忽然“小我大我”起来，对于讲我的话都一点好奇心都没有。提起我也不一定与我有关。除了缠夹歪曲之外，往往反映作者自身的嘴脸与目的多于我。至于读者的观感，我对于无能为力的事不大关心，只有自己势力圈内，例如上次寄出《三详〈红楼梦〉》后又通篇改写，但是已经驷马难追，那才急得团团转。不过这本《笑声泪痕》需要写篇短文声明不是我写的，只好到底还是看了。

有人冒名出书，仿佛值得自矜，总是你的名字有号召力。想必找了枪手，模仿得有几分像，才充得过去。被剥削了还这样自慰，近于阿Q心理。而且根本不是这么回事。书末附有一篇类似跋的文字，标题《关于〈恋之悲歌〉》，下面署名制版，钢笔签名“陈影”。开首如下：

“《恋之悲歌》，正如它的书名那样，从头至尾是一个悲剧。

作为悲剧的主角——章云裳，是值得我们同情的。她虽然因生活而被迫走入欢场，她虽然饱经沧桑，饱受苦难；……”

可知此书原名《恋之悲歌》，陈影著——除非是用另一个名字，这篇跋冒充附录的书评，自吹自捧一番。小说糟到坊间不会有人出的地步，可能是自费出版的。印刷所手中有纸版，乐得盗印，只换了个封面，书名改了，作者名字换了个比较眼熟的，人又在远方的，不会有麻烦。这样看来，原作者也是受害人了。

此人大概是真姓陈，不是笔名，因为书中叙述者名叫陈丹，写跋的又是陈影。照他的作风做法，绝舍不得隐姓埋名。他是广东人，屡次称“喜欢”为“钟意”：“这是我最钟意听她唱的两支歌”（第十三页）；“但是他对我已经钟意，是毋容再研究的了。”（第六十页）——“容”是别字，不是排字错误。——国语吴语虽然也有“中意”，用法不同些。——书中男主角的故乡也是广东一个小镇。

此人大概年纪不轻了。书中信件具名都是“王彼得鞠躬”，“陈丹鞠躬”，这款式近年来只有喜帖上难得有时候还有。

书中叙述者与男主人翁都是私家侦探，不过男主角已经在美改行经商。除了看电视影集，向往私家侦探生涯，他还有个理由要男主角也是侦探：得与女主角邂逅相遇。她在咖啡馆看见报上暗杀案标题与死者的照片，误以为是她离了婚的丈夫被杀，惊呼“桑坚国！”名探王彼得立即趋前问她是否认识桑坚国，因此交谈，得知她的身世。原来两个桑坚国面貌也相同——贾宝玉甄宝玉至少不同姓。

王彼得到舞厅去“拜访”她，发生情愫，但是没有与她结合，因为中学时代有个女同学单恋他，在一个大雷雨的晚上藉口怕鬼，投怀送抱，失身于他。他离开了上海，到抗战后方去。辗转赴美，失去联络。多年后，听说他那女同学已经削发为尼，而又疯癫投井自杀了，他这才自由了，委托香港一个私家侦探打听那舞女的下落。侦探陈丹看她的照片面熟，想起半个月前救护一个车祸中的少女，长得一模一样，当时没见到她母亲，再去找她，果然她母亲酷肖照片中的章云裳，自称王太太章依恋，伴舞瞒着女儿，只告诉她，父亲在美国经商，按月寄家用来。

陈丹因为主顾谆嘱切勿向章云裳提起他，好让她惊奇一下，因此不便说穿，在舞厅点唱王彼得从前最爱听她唱的两支歌，试探她的反应，证实章依恋是否就是章云裳。不料她歌唱时悲痛过度，当场晕倒，送入医院。王彼得自美来港，医院访问时间已过，次日再去，已经死了，缘悭一面，万念俱灰，告诉陈丹他预备终身不娶，把她前夫的女儿带回美国，视为己女。雨中机场道别。两位大侦探紧紧握着手，说不出话来。王彼得“脸上混凝着雨水和泪水。”终于迸出一句“再——见，陈——先——生！……”

我看了不禁想道：“活该！谁叫你眼高手低，至于写不出东西来，让人家写出这样的东西算你的，也就有人相信，香港报上还登过书评。”

可千万不要给引起好奇心来，去买本来看看。薄薄一本，每章前后空白特多。奇文共欣赏，都已奉告，别无细节。

* 初载一九七六年十二月十五日《联合报》副刊，收入一九八八年二月台北皇冠出版社《续集》。

对现代中文的一点小意见

这题目看了吓人一跳，需要赶紧声明，“小意见”并不是自谦的“人微言轻”的话，而实在是极细微不足道的，自己也觉得小题大做，因而一直想写都没写。但也不会是鸡毛蒜皮。小鱼刺与细碎的鸡骨头最容易卡喉咙，甚至于可以致命。

有些新俗字，例如“噘着嘴”的“噘”字。原有的“撅”现在只适用于“撅着屁股”，再不然就是用作名词，“一撅”比“一段”较短，如“一撅屎”。除了这两个不雅的例子之外，用作动词还有“撅断了”。此外实在想不起“撅”字还有什么用处。最常用的还是“撅着嘴”。

同样的，“钉眼看”的“钉”字改为“盯”。“么”现在大都写作“嚒”，因为是语助词，所以与“吧”“呢”“吗”“嘛”一样从“口”。原来的“么”限用在“什么”“这么”“那么”上。

分工越分越细，又添了个“煖”字，专用在火炉火炕上，有别于阳光的温“暖”。“暖气开放”是热水汀，总算还没写作“湲气”。将来利用地热取暖，想必应作“取煖”——地热与火山同源。以此类推，“人情的温暖”迟早会成为“人情的温偄”。

“决不答应”、“决不屈服”现在通用“绝不答应”、“绝不屈服”。

这是与日译英文名词“绝对”混淆了,误以为是简称“绝对”为“绝”。“决不”是“决计不”,与“绝对不”意义不同。

“绝妙”“绝色”的“绝”字跟“绝子绝孙”一样,都是指断绝——无后继者,也就是谁都赶不上。“绝无仅有”的“绝”字也作断绝解。“绝无”就是以下没有了,也就是此外没有了——除了“仅有”的这一个。

旧小说里的白话有“断不肯”、“断不会”,但是并没有“绝不肯”、“绝不会”。“断不”也就是“断然不”,与“决不”同是“决计不”,与“绝不”无干。“绝不”来自新名词“绝对不”,而取代了“决不”,“绝”成了“决”的别字。——我自己也不是不写别字,还说人家。《张看》最后一篇末句“虱子”误作“蚤子”,承水晶先生来信指出,非常感谢,等这本书以后如果再版再改正。这篇是多年前的旧稿,收入集子时重看一遍,看到这里也有点疑惑,心里想是不是鼓上蚤时迁。

现在通称额为“前额”,仿佛还有个“后额”,不知道长在哪里。英文“额”字 forehead 拆字为 fore-head(前－头,即头的前部),想必有人误译为“前额”,从此沿用,甚至有作家称胸为“前胸”。

称“自从”为“打从”,也是缠夹,不过与外来的名词无关,而是国语初普及时的错误。北边话称“从”为“打”,“从打”似乎是侉话,限指时间,而语气加重。大概是二〇年代上海的鸳蝴派作家周瘦鹃等这些“吴门才子”与“江都李涵秋”等用白话写作,误“从打”为“打从”。至今有人沿用,是近代白话中一个独特的例子,既不是新名词或文言,也不是任何方言,毫无语文上的根据。

最初提倡白话的时候,第三人称只有一个“他”。创造“她”字该是为了翻译上实际的需要,否则有时候无法译。西方各国

“他”“她”二字不同音，无论在对白或叙事中，一听、一望而知是指谁。都译为“他”，会使人如坠五里雾中。此后更进一步，又造了个“妳”字，只有少数人采用，近二十年来才流行。偶有男女大段对白，而不说明是谁说什么，男方口中的“妳”可以藉此认出发言人是谁，联带的上下几次的人都清楚了。不过难得遇到这种场面，而“你”字又常误植为“妳”，更把人闹糊涂了。——“妳”字倒从来不误作“你”。显然排字工人偏爱“妳”字，也许因为这职业为男性垄断，异性相吸。但是女人似乎也喜欢“妳”字，几乎称她“你”就带侮辱性，仿佛她不够女性化。大有不称“妳”就得称“您”之势。

美国新女权运动的一个笑话，是把“且门”（主席）改为“且泊森”，“赛尔斯门”（推销员或店员）改为“赛尔斯泊森”，因为“门”的意义是“男子”，难道女主席女店员就不算？“泊森”是无性别的“人”。——其实“门”的另一义也是“人”，两性都在内。——与“妳”刚巧相反，一个是要把女人包括进去，一个是要把女人分出来——男女有别。中国人之间的女权论者也很活跃，倒没有人反对“妳”字。

最近在美国电视新闻上听见有个女人，姓什么“门”没听清楚——姓什么“门”什么“门”的极普通，因为西方中世纪以来大都以行业为姓氏，例如卡特总统的“卡特”是赶车的，前国务卿鲁斯克的祖先想必是一种饼干师——“鲁斯克”是薄片烤面包制成的饼干，我小时候一生病就吃它，很难下咽。“××门”就是“××人”，如讨海人。也有仿佛是以一件事迹得名，如杜鲁门（忠诚的人）。假定她是姓杜鲁门，她要求登记改姓“杜鲁泊森”。法官认为理由不成立，但是法定任何人都有改名换姓的权利，因此仍予照准。

新女权运动要求一切职业开放，例如酒保，牧师神甫，警政。中西部有个小城市响应妇运，有个少妇竞选警长当选，在强尼卡生的电视夜谈会上出现，雄赳赳气昂昂，穿制服裙，身长六呎开外，体重近三百磅，看不出才二十四岁，有一个三岁的男孩。她叙述有一次酒排打群架，她赶到现场，大家一看都嗤笑，还有人尊声“警长”，跟她耍嘴皮子。被这胖大婆娘一屁股坐在他们身上，坐镇两方斗士，差点都成了死士。但是换了同等身量的男子，凶神铁塔似的，那就不必等交手方知厉害。所以警察限定身长要合格，有人抗议，警方曾经解释过，就是为了尽可能不动武而慑服人。否则“矮脚虎”尽多，大个子也说不定虚有其表，而并不是歧视较矮的人。同样的，女警占极少数也不是歧视女性。用年青貌美的女警巡查歹区，再武艺高强也难免惹出事故来。在女权运动的压力下多录用女警，其实是浪费民众的血汗钱。

新女权运动最切合实际的一项，是“同一职位，同等薪水”的口号。一向男子薪给较高，资方的理由是男人需要养家，职业妇女大都没有家庭负担。

权利义务应当均等，有谋生能力的女人，离婚渐有拿不到赡养费的趋势。男人除了养家，还要服兵役，保家卫国。这倒不成问题，女子正在争取参军。

美国新招收的女兵虽然与男子一同排队操练，是否能上阵打仗，最近《美国新闻与世界报导》杂志（二月十三日的一期）邀请两位女将辩论，是陆军空军附属妇女部队的中将少将，都已退休。赞成的理由是现代军队机械化，不全靠体力。除了步兵，各兵种都可以用妇女作战。二次大战中，苏俄就曾经大量用女兵作战，空战也有女飞行员。美国废除征兵制后，亟需扩充兵源，否则达不到“全部志愿军”的目标。

反对的认为女人最大的职责还是做母亲，一般也无法想像作战的恐怖残酷。其实女人吃苦耐劳未必输于男子。唯其因为战争的恐怖残酷常出人意想之外，不分担是不公平的，如果他方面平等。此外举出的理由还有：火线上的高压下，暂时神经失常的士兵可能强奸并肩作战的女兵。现在美国是“神经病夫”国，精神病患奇多，这倒不是过虑。至于女兵做了战俘会遭强暴，更不在话下。

已故名专栏政论家司徒·亚尔索普（Alsop）常担忧美军现在公文浩繁，管文书的太多，战斗士兵太少。真打起仗来，文案毫无用处，是军队的 soft underbelly ——直译为“柔软的下腹”，指四脚兽的腹部，因为隐蔽，不必像“铜头铁背”一样禁得起打击。今后如果招了许多女兵，都是不作战的，势必更添设文案工作来安插娘子军。“柔软的下腹”更加膨胀，成为自由世界的一个隐忧。

这并不是否定新女权运动。过去的妇女运动似乎还是在中国扎根较深。五〇年间，多数美国少女的理想是早婚多产。妇女没有独立的人格，赊账就医，账单都是寄给她们的丈夫，越是高级服饰公司，走红的医生，越是坚持这一点——次一等的大概收得到账就算好的了，不大管这些。六〇年间女子大学的职工开始搞妇运，学校当局也还是极度的新贤妻良母主义。这是当时的风尚，正如现在的女权运动也是一时时尚，而像时装，必须走极端，不免有荒谬可笑的成份，并不影响妇运的主旨。

显然男女有别，生理上心理上，而且正如法国人的一句名言：“有别万岁！（Vive le differénce！）”但是各人资质性情倾向不同，分别也大。“十步之内，必有芳草”，埋没了多少女人，可以对社会有贡献的。多一分强调性别，就是少一分共同的人性。现在的区别很够了，大可不必再在形式上加以区别，如我国文字独有的“妳”字。

我出全集的时候，只有两本新书自己校了一遍，发现“你”字代改“妳”，都给一一还原，又要求其余的几本都请代改回来。出版后也没看过。夏志清先生有一次信上告诉我还是都是“妳”，我自叹“依然故妳”。

当初为了翻译的需要，造了中性的“它”字，又有人索性多造了个“牠”字。结果还是动物与无机体，抽象事物统称“它”。但是近来“牠”又复活了，又再添了个“祂”。英文称上帝为“他”的时候用大写。常有时候说某人口中的某些名词都是大写的，指一种肃然的，仿佛是天经地义的口吻。大写的“他”字想必也是着重而缓慢，深沉得有回声的牧师腔。中文没有大写，“祂”字倒也用得着，就基督教来说。对于中国神道就不适用，因为没有专一的传统，提起来不是这口吻。关老爷可能是“他老人家”，不是“祂”。“祂”字用途太偏狭，实在多余。

中文没有人地名大写，所以初采用新式标点的时候，人地名左侧加“——”。但是并没普及，随即废除，大概因张国华李秀贞苏州杭州不但多余，有点傻头傻脑。但是在世界日益缩小的现代，遇到生疏的外国人地名，不加标志，就与上下文连在一起，一片模糊。——《元史》之难，如果这不是主因，也至少是原因之一：满纸赤温不花之类的人名，看得人头晕眼花。

报端常见的内罗毕，内华达，已经译得非常技巧，“内”字如同内蒙古，内湖，一望而知是地名。但是不免使人疑惑，是否还有外罗毕，外华达。

如果有人地名符号，不靠“内”字点出是地名，那就可以译为耐罗毕，涅华达，不会害人瞎猜“内”字是意译还是音译了。翻译要贴切而又像中文，使人看得进去，已经够难的，还要给它难上加难——去除这一重障碍又这样轻而易举。

有些通俗刊物为求通俗，翻译的人名一律汉化，都是些林曼丽、柯休，这固然不是个办法，如果照实译为曼丽琳林德西、休柯菲尔德——通常连名姓之间的“·”都没有——有时候又称林德西小姐、柯菲尔德先生，只有使读者头昏脑胀。

地名船名索性用原文，我看了总有一种失败的感觉。但是英文字母夹在方块字中间，十分醒目，不懂外文的读者一定反而欢迎。换了音译的名称，没头没尾夹在上下文里，反正也记不得。格调较高的书刊是不会犯这些毛病的，不过就是灰鼠鼠的不清楚。翻译是世界之窗，我们这玻璃窗很脏。

有时候译船名或较陌生的机关机构名称，用引语号，如“某某儿童保健中心”，老大不妥，因为引语号在此处代表“所谓”，成了敌伪机关。但是没有人地名符号，“　”成了万应灵丹，至少隔开这名称，眉目清楚。

初有标点时，书名左侧加“﹏﹏﹏”，也没有流行，改用“”，与西方同用引语号。这本来合理，不必标新立异多铸一个铅字。但是近年来忽然“标点热”起来，又添了个“、”。古文本来有“、”，每句右侧一连串的“、”与密圈相反，表示贬意，但也兼用作着重点。现在改用作一种逗点。列举各事项或数字，都用“、”代替逗点，年日月之间也加“、”。其实某年某月某日根本不需要逗点。

有一部武侠影片《天涯·明月·刀》，用音译名姓之间的“·”，想是“、”之误。片子卖座好，就又有《千刀·万里·追》等片急起直追，三截片名风起云涌，我担心随时会看见人引“枯藤·老树·昏鸦，小桥·流水·人家，古道·西风·瘦马”。

“、”至少还有它的功用。比较专门性的论文里列举一长串数字或事项时，用“、”更眉目清楚。我写《色，戒》这题目的时候踌躇了半天：“色”与“戒”不过两件事，不是像开单子一样，“、”用不上。但是在《红楼梦魇》里采用了“、”，此处再用“，”怕引起误解，因为原有的逗点似乎狭义化了。结果只好写《色、戒》，预告又误作《色·戒》，可见现在逗点的混乱。

由于“标点热”，“三四个”“七八个”都写作“三、四个”，“七、八个”。字句间的标点是停顿的标志。我们说“三四个”的时候，“三”“四”之间并不稍一停顿，为什么要加标点？——近代英文往往略去逗点，长句如果照念，势必上气不接下气，那是因为阅读的速度比诵读快得多，脑子里语气的停顿比口语少。

此外还有时候加逗点纯是因为否则语意不清楚，上下文连在一起会引起误解。“三、四个”既不反映口语，又不是为了意义清晰起见。中国人谁都知道“三四个”指“三个或四个”。就连学中文的英美人都不会不懂，英文也是“三四个”“七八个”。

我一向最欣赏中文的所谓“秃头句子”——旧诗里与口语内一样多，译诗者例必代加“我”字。第三人称的 one 较近原意。——这种轻灵飘逸是中文的一个特色。所以每次看到比谁都啰唆累赘的“三、四个”“七、八个”，我总是像给针扎了一下，但是立即又想着：“唉！多拿一个字的稿费，又有什么不好？”不管看见多少次，永远是这揿钮反应，一刺，接着一声暗叹。

“看看”与“商量商量”也成了“看、看”，“商量、商量”。正如“三四个”是“三或四个”略去“或”字，“看看”是“看一看”

略去“一”字，也就是“稍微看一看”，比光是“看”较轻忽随便。“看、看”就比“看”兴奋紧张，以重复来加重语气，几乎应加惊叹号。因此“看、看”的标点不但多余，而且歪曲原意。

这不过是个一般的趋势，许多学者都没采用，但是语文是个活的东西，流行日久，也就成了正确的。新俗字层出不穷，“噘”着嘴，眼睛“盯”着，炉火的温“煖”与日光的温暖又不同，“你”分男女，动物与神各有个别的第三人称；滥用两种新添的逗点，而缺少人地名符号，妨碍翻译。不必要的区别与标点越来越多，必要的没有，是现今中文的一个缺点。

* 初载一九七八年三月十五日《中国时报·人间》，未收集。

人间小札

编者先生：看到三月十五日“人间”上拙著《对现代中文的一点小意见》，仅有的两个错字刚巧都讲得通：开头第一段“也不都是鸡毛蒜皮”误作“也不会是鸡毛蒜皮”，非常自大；同一排末段“战争的恐怖残酷出常人意想之外，”误作“战争的恐怖残酷常出人意想之外，”轻描淡写得使打过仗的人起反感。可能的话，希望能刊出这封短简，不是我吹毛求疵，是需要说明爱看《时报》而不勤投稿的苦衷，因为无法自校一遍。匆此即颂

大安

张爱玲三月卅日

＊初载一九七八年四月十一日《中国时报·人间》，未收集。

著作权合同登记号　图字：01-2018-0863

本书由皇冠文化集团授权，仅限于中国大陆地区发行，不得销售至港、澳及任何海外地区。

图书在版编目（CIP）数据

华丽缘／张爱玲著．—北京：北京十月文艺出版社，2019.6（2025.9 重印）
（张爱玲全集）
ISBN 978-7-5302-1501-2

Ⅰ．①华…　Ⅱ．①张…　Ⅲ．①散文集—中国—现代
Ⅳ．①I266

中国版本图书馆 CIP 数据核字（2015）第 099083 号

华丽缘
HUALIYUAN
张爱玲 著

出　版　北京出版集团公司
　　　　北京十月文艺出版社
地　址　北京北三环中路 6 号
邮　编　100120
网　址　www.bph.com.cn
发　行　新经典发行有限公司
　　　　电话（010）68423599
经　销　新华书店
印　刷　河北鹏润印刷有限公司
版　次　2019 年 6 月第 1 版
印　次　2025 年 9 月第 14 次印刷
开　本　850 毫米 ×1168 毫米　1/32
印　张　6.25
字　数　140 千字
书　号　ISBN 978-7-5302-1501-2
定　价　36.00 元
质量监督电话　010-58572393
如有印装质量问题，由本社负责调换。